聂震宁／总主编
王剑冰／主编

旅伴文库·散文精品城际阅读

水墨
周庄

王剑冰——著

章耀——绘

漓江出版社

图书在版编目 (CIP) 数据

水墨周庄 / 王剑冰著 . — 桂林 : 漓江出版社，2018.1
（旅伴文库·散文精品城际阅读）
ISBN 978-7-5407-8192-7

Ⅰ . ①水… Ⅱ . ①王… Ⅲ . ①散文集 – 中国 – 当代
Ⅳ . ① I267

中国版本图书馆 CIP 数据核字（2017）第 187904 号

SHUIMO ZHOUZHUANG

水墨周庄

王剑冰　著

章　耀　绘

责任编辑：张　谦
助理编辑：孙精精
书籍设计：石绍康
责任印制：杨　东

出版人：刘迪才
漓江出版社有限公司出版发行
广西桂林市南环路 22 号　邮政编码：541002
网址：http://www.lijiangbook.com
全国新华书店经销
销售热线：0773-2583322　010-85893190
北京汇瑞嘉合文化发展有限公司
（北京市经济技术开发区荣华南路 10 号院荣华国际大厦 5 号楼 1501 室
邮政编码：100176）
开本：880mm×1230mm　1/32
印张：6.5　字数：75 千字　插页：8
2018 年 1 月第 1 版　2018 年 1 月第 1 次印刷
定价：35.00 元

如发现印装质量问题，影响阅读，请与承印单位联系调换
（电话：010-67817768）

目 录

Contents

总 序

聂震宁

　　《旅伴文库》乃应时而生的出版项目。当今之世，既是提倡全民阅读之时，又是高铁出行渐成趋势之际，正应了古人"读万卷书，行万里路"的人生信条。究其实，现代交通工具大大方便了百姓的出行，旅行几乎成了普通民众的一种生活常态，令"千里江陵一日还"有了现代意味。而全民阅读则还在国家、社会的提倡中，有识之士一直在呼吁让阅读成为一种生活方式，可是，要达到这一点要求，似乎还比较难；唯其难，故而需要多方设法推动，长期用心提倡。漓江出版社策划设计这一文库，既顺应了现代人出行的方便，更是推崇全民阅读，颇具趁旅行热潮助推全民阅读，借全民阅读提升旅行质量的匠心。

相比较已经形成热潮的出行，全民阅读还不够热。尽管国家为促进全民阅读立法，各级政府为全民阅读提供支持，每年"世界读书日"各地开展活动有声有色，"书香中国"活动在全国范围风生水起，家庭阅读、校园阅读、社区阅读、机关阅读渐次开展，然而，平心而论，这些大都还是在外力推动下的阅读，距离"让阅读成为一种生活方式"的目标还有长路要走。那么，如何才有望接近这一目标呢？我们以为，让阅读与日常生活相伴或许是努力的基本方向。当民众出行热潮形成，包括旅游在内的旅行已经成为普通百姓的一种生活方式，提倡在旅途中阅读乃是顺理成章的事情。国际上曾有过"中国人不爱读书"的负面评价，评价者举证的，正是旅行途中许多欧美人在读书，而许多中国人并不读书的现象。那么，要改变这一国际负面印象，最直接的办法就是让更多的中国人在旅行途中读起书来。当然，在旅行途中读书并非为了做样子给国际人士观赏，而是全民阅读之树必然开出的日常生活阅读之花。《旅伴文库》正是为了催生这美丽的花朵而做出的努力。所谓"人生漫旅，好书伴你"，是该文库在广义层面的取意。

事实上，开展在旅行途中的阅读生活，对于提高我国旅游事业的质量也是大有裨益的。对于国人的旅行生活，一直都有某些负面的评价，认为其盲目、简单、粗糙，缺少文化内涵和审美情趣，其中有一个我们前面已经提及的负面评价：中国人在旅行途中几乎都不读书。这些负面评价已经成为国民文化素质不高的重要证据。知书达理或知书达礼，不爱读书的民族谈何文化内涵和审美情趣！于是，近些年来，就有许多关于改善旅行生活、提高旅行质量的意见被提出，其中有一条意见颇具感染力，那就是"带一本书去旅行"。

"带一本书去旅行"，其直接的用意是让人们在旅行途中闲暇时刻不至于无所事事。人在百无聊赖时，"第一等好事还是读书"，让休闲的状态也有优雅的生活方式，而阅读正是一个人最优雅的生活状态。旅行是一个发现美、欣赏美的历程，"带一本书去旅行"，读书可以明理，可以直接帮助我们丰富旅行知识，探寻美的存在，增加旅行的深度和厚度。旅行即意味着暂时摆脱日常世俗生活的纷扰，暂时忘却生活中某些庸俗无聊的烦恼，所谓"偷得浮生半日闲"，让身心得到休养；"带一本书去旅行"，可以让一本好书帮助我们超凡脱俗，让一本好书优雅的精神气质在旅途上陪伴我们的灵魂，让一次次旅行成为与一本本好书相伴随的精神之旅。

应时而生的《旅伴文库》其主旨便是倡导"带一本书在路上"，让精品图书成为旅行者的精神伴侣。在旅行热潮扑面而来的同时，也要让全民阅读热潮相伴而去，让"读万卷书，行万里路"成为现实。

为了旅途上阅读而设计的《旅伴文库》，自然要更多顾及旅行阅读的特点。旅行阅读当然是各有所好，可专门为旅行者编撰的图书，则要更多体现旅行者阅读的便捷、休闲、审美、精粹等需求特点。《旅伴文库》的各个子系列设计得很具匠心。其中，"散文精品城际阅读"系列，一年只选七位散文家，颇有"七剑下天山"的气概；每人每本不过5万字，极大突出了精选的精神，再配上贴切而有意趣的插图——有的就是作家本人所绘。"漓江的书，买了再说"，是20多年前本人在漓江出版社社长任上为该社拟定的广告语，如此的自信自诩，竟然在这个系列的设计中重新得以体会到。其他系列目前还在筹备阶段，基于出版社选题信息的保护，这里暂不细说，预期当能吸引读者眼球而令人想要一睹为快。

《旅伴文库》各个子系列的设计，显然走的是精品精读的路线。这是出版社此项目主持者的原则，也是编选工作的实际状况。"散文精品城际阅读"（2018）系列所编选的七人七种散文集即如此。有刘亮程《半路上的库车》、朱秀海《一个人的车站》、王剑冰《水墨周庄》、董谦《种稻记》等。七人中的任何一位散文家都以实力呈现，任何一位实力派作家都会努力奉献自己卓具新意的作品集。在邀约散文名家加盟过程中，编选者主张作品优先，内容为王，名人也须出力作，否则宁可给新人新作以展示的机会。著名军旅作家朱秀海曾以其编剧的电视剧《乔家大院》《天地民心》等闻名于世，也曾以散文集《山在山的深处》享誉散文界，这次以名篇散文《一个人的车站》为书名新编新集，值得一读。致力于散文写作和研究的王剑冰，曾以《绝版的周庄》享誉海内外，为此旅游名胜江南古镇周庄几与王剑冰结成不解之缘，此番他又以《水墨周庄》为题加盟，旅途上的读者怎能放过不读？至于刘亮程，我不能不多说几句。2016年7月本人参加全国政协民族文化考察组去往新疆，在当地政协的安排下到了博格达山脉北麓的木垒哈萨克自治县英格堡乡菜籽沟村，造访了刘亮程的"一个人的村庄"——菜籽沟村，那是这位极具理想主义和人文情怀的散文家以一己之力挽救重建的"菜籽沟艺术家村落"，当时已初具规模，吸引了各类艺术家入驻。我们到村落里刘亮程的"木垒书院"参观，那天书院主人不在，是他的助手开门揖客。听了一些简要介绍，参加考察的政协委员无不感叹这位著名散文作家的文化情怀。本次他携新编散文集《半路上的库车》加盟，并且在书中插入他自己的画作。那画作既有西北少数民族的风情，又有作家与生俱来的文人画作韵味，可以让读者更为走近这位散文名家。

上述三位入选作家自然是读者相当熟悉的名人，他们的加盟可以体现《旅伴文库》的感召力和他们的合作诚意。可我们还要为散文界的新人入选而欣喜。董谦先生自称除22年新闻从业经验外，别无所长，一米九几的大高个，在深圳做了几年报社的副总，却因乡心难却，返身回到湖南汨罗乡下，亲自种稻，一心要种出无农药无化肥无转基因的生态大米，这次他给我们带来的《种稻记》，个中情趣自不待言。

作为《旅伴文库》最先面世的第一个系列，"散文精品城际阅读"（2018）系列的七人七书可以称得上是精选精编而成，给我们浑然一体的感觉。对此，出版社是信心满满，相信读者也能兴趣满满。而对于整套文库后续的编选出版工作，则应当说是有了一个好的开头。管中可以窥豹，开局能见气象，相信《旅伴文库》是能够成为众多旅行者满意的伴侣的。

2017 年 9 月于贵州、广西、北京旅次中

聂震宁，全国政协委员，中国出版协会副理事长，中国韬奋基金会理事长，中国作协全国委员会名誉委员，《旅伴文库》总主编。

绝版的周庄

你可以说不算太美，你是以自然朴实动人的。粗布的灰色上衣，白色的裙裾，缀以些许红色白色的小花及绿色的柳枝。清凌的流水柔成你的肌肤，双桥的钥匙恰到好处地挂在腰间，最紧要的还在于眼睛的窗子，仲春时节半开半闭，掩不住招人的妩媚。仍是明代的晨阳吧，斜斜地照在你的肩头，将你半晦半明地写意出来。

我真的不知道，你在那里等我，等我好久好久。我今天才来，我来晚了，以致使你这样沧桑。而你依然很美，周身透着迷人的韵致。真的，你还是那样纯秀、古典。只是不再含羞，大方地看着每一位来人。周庄，我呼唤着你的名字，呼唤好久了，却不知你在这里。周庄，我叫着你的名字，你比我想象的还要动人。我真想揽你入怀。只是扑向你的人太多太多，你有些猝不及防，你本来已习惯的清静与孤寂被打破了。我看得出来，你已经有些厌倦与无奈。周庄，我来晚了。

有人说，周庄是以苏州的毁灭为代价的。眼前即刻闪现出古苏州的模样。是的，苏州脱掉了罗衫长裙，苏州现代得多了。尽管手里还拿着丝绣的团扇，已远不是躲在深闺的旧模样。这样，周庄这位江南的古典秀女便名播四海了。然而，霓虹闪烁的舞厅和酒楼正在周庄四周崛起，周庄的操守能持久吗？

参加富贵茶庄奠基仪式。颇负盛名的富贵企业和颇负盛名的周庄联姻。而周庄的代表人物沈万三也是名富，真是巧合。代表富贵茶庄讲话的，是一位长发飘逸的女郎，周庄的首席则是位短发女子，又是巧合。富贵、茶、周庄、女子，几个字词在春雨中格外靓丽。回头望去，白蚬湖正闪着粼粼波光。

想起了台湾作家三毛，三毛爱浪游，三毛的足迹遍布全世界，三毛的长发沾的什么风都有。三毛一来到周庄就哭了，三毛搂着周庄像搂着久别的祖母。三毛心里其实很孤独。三毛没日没夜地跟周庄唠叨，吃着周庄做的小吃。三毛说，我还会来的，我一定会来的。三毛是哭着离去的，三毛离去时最后亲了亲黄黄的油菜花，那是周庄递给她的黄手帕。周庄的遗憾在于没让三毛久久留下，三毛一离开周庄便陷入了更大的孤独，终于把自己交给了一双袜子。三毛临死时还念叨了一声周庄，周庄知道，周庄总这么说。

入夜，乘一只小船，让桨轻轻划拨。时间刚过九点，周庄就早早睡了，是从没有电的明清时代养成的习惯？没有喧闹的声音，没有电视的声音，没有狗吠的声音。

周庄睡在水上。水便是周庄的床。床很柔软，有时轻微地晃荡两下，那是周庄变换了一下姿势。周庄睡得很沉实。一只只船儿，是周庄摆放的鞋子。鞋子多半旧了，沾满了岁月的征尘。我为周庄守夜，守夜的还有桥头一株灿然的樱花。这花原本不是周庄的，如同我。我知道，打着鼾息的周庄，民族味儿很浓。

忽就闻到了一股股沁心润肺的芳香。幽幽长长地经过斜风细雨的过滤，纯净而湿润。这是油菜花。早上来时，一片一片的黄花浓浓地包裹了古老的周庄。远远望去，色彩的反差那般强烈。现在这种香气正氤氲着周庄的梦境，那梦必也是有颜色的。

坐在桥上，我就这么定定地看着周庄，从一块石板、一株小树、一只灯笼，到一幢老屋、一道流水。这么看着的时候，就慢慢沉入进去，感到时间的走动。感到水巷深处，哪家屋门开启，走出一位苍髯老者或纤秀女子，那是沈万三还是迷楼的阿金姑娘？周庄的夜，太容易让人生出幻觉。

白色的飘飞的鸟

一

当船犁开水面的时候，我看见了一种鸟，在我们的船头上方的空中飘动。

初开始它像一页白色的羽，飘啊飘的，说它飘是因为它并不怎么动用自己的翅膀，更多的是在气流中划。

鸟是天空中自由的舞者。

它可能有时只是轻轻扬一扬其中的一只翅膀，就完成了一次回旋。

这种鸟有时在镇子里也会看到，在早晨及傍晚的光线中，我在镜头里看到过它们的身影，只是它们又迅疾地飘出了我的视线。

在白色的鸟低飞时，我觉得是海鸥，只有海鸥才会在水中这么自在，这么群集。

可这里是大片的湖网地带，这必是一种常常栖息的鸟了。这里离大海并不远，这是海鸥演化的另一种鸟也未可知。

船娘告诉了我这种鸟的名字，她说了很多遍，我听了很多遍，才弄明白，她说的是"白飘"。

这是鸟的名字吗？这绝对是一首诗的名字。

白，是一种纯粹的色调，一种圣洁的色调；而飘呢，那是一种决然的自由的划、随意的翔，而不是跃动、翔飞。

这一定是同这水共生共存的鸟，它们靠着恒久的坚持，没有走入古生物化石而一直繁衍至今，在周庄的上空划着白色的弧。

它们与人共同利用着这片水，这片村庄，不是互相侵扰，而是互相依存。

当周庄人在船上将网撒出去的一瞬，白鸥鸟便欢快地像浪花一样飘上了天空。

打鱼船多的地方，也是白鸥鸟多的地方，白鸥鸟多的地方，也是渔家人要去的地方。

二

船娘姓赵，五十多岁的年纪，精瘦。

她说她小的时候常随父亲的船在湖中撒网打鱼，父亲并不嫌弃她，所以她也很小就练就了划船的本事。

能够看得出这个赵姓女子年轻时候还是挺标致的。其他女人到了这个岁数，都胖得显了年纪，而她却干干净净、利利朗朗。

赵船娘在划船的人里边属年龄大的了，可她

却不嫌累，她不是为了挣钱，一个船人的后代，不想让那条船闲着，更主要的是她心里有着对周庄的情感。

她给我讲起了这里婚丧中的事，听得让人入迷。

她说周庄人结婚办喜事，一般都用船。喜船去迎新娘，在娘家河码头开船时，要一篙撑出喜船，再摇橹离开，如果再撑第二篙就认为是不吉利。

结婚当天，男女双方喜船相隔一丈距离，新娘要坐在浴盆里，自己划到男方船边去。

还有，等娶新娘的船快要靠近男家的码头时，主婚人要抢在喜船前，先从河边抢提两桶水，这样会给男家带来好运。

赵船娘还会唱渔歌，说到高兴处她就唱了起来，声音由小而大，细细的嗓子将调儿传得很远：

阿妹生得红堂堂

一心想配网船郎

勿嫌穷来勿贪富

贪那乌背鲫鱼烧鲜汤

……

渔歌里还有着朴素的渔家女子的情怀，她们追求的也是平常的渔家生活，因而这种渔歌显得动听而感人。

小船划进了一处四野中长满庄稼的河荡，再往出划，就该进入白蚬湖了。

白蚬湖实际上是一条江，水中生满了透明闪亮的白蚬。水面涨大了，江埋在了水里，就被人叫成了湖。

那些白色的鸥鸟还在我们的船头飘着。

我突然想起一个问题，问赵船娘是否见过这些白飘的死亡，赵船娘摇了摇头。是的，这些鸟的寿命比不过人类，但是它们展示给世界的总是它们的生，它们的死去了哪里呢？

你真的很少能看到这些鸟的尸体。

那么人呢，人死了以后，要么是埋进了土里，要么是葬入了水中，还有的会在湖边的田地间用草帘将棺木罩起来。

沈万三不就是葬入了银子浜的水底吗？

赵船娘说，埋人的时候，这些白鸥鸟也随着纸幡飘，一簇簇的像纸钱。大概是这鸟认得那人，曾在一个乡间湖上共活。

当送葬的人全都走了，湖荡边的田野上，就剩下了这些白色的鸟，在坟上低飞，不，不是飞，是飘，就像不散的魂，或者是那魂散出的花。

就因为这些鸟儿，周庄的天空更有了一种生活的歌谣。

赵船娘说她出生的时候，一声声啼哭震醒了天边的彩霞，而船头聚集了一群群的白鸥鸟，父亲以为祥，就请教识字的先生，给她起了个名字叫霞鸥。

我这才知道了赵船娘的名字，眼前就飘出了一种景象：

一汪泛着金光的湖水，一只朴旧的乌篷船，一片灿烂的霞光，一群白色的鸥鸟，一个女孩嘹亮的啼哭。

这时我又看见了那种白色的鸟，白飘。

水墨周庄

一

水贯穿了整个周庄。

水的流动的缓慢，使我看不出它是从何处流来，又向何处流去。仔细辨认的时候，也只是看到一些鱼儿群体性地流动，但这种流动是盲目的、自由的，它们往东去了一阵子，就会猛然折回头再往西去。水形成它们的快乐。在这种盲目和自由中一点点长大，并带着如我者的快乐。只是我真的不知道这水是怎么进来的。

在久远的过去，周庄是四面环水的，进入周庄的方式只能是行船。出去的方式必然也是行船。网状的水巷便成了周庄的道路。道路是窄窄的，但通达、顺畅，再弯的水道也好走船，即使进出的船相遇，也并不是难办的事情。眼看就碰擦住了，却在缝隙间轻轻而过，各奔前程。

真应该感谢第一个提出建造周庄水道的人，这水道建得如此科学而且坚固。让后人享用了一代又一代，竟然不知他的姓名。难道他是周迪功郎吗？或者也是一个周姓的人物？

真的是不好猜疑了。水的周而复始的村庄，极大程度地利用了水，即使是后来有了很大的名气，也是因了水的关系。

水使一个普通的庄子变得神采飞扬。

二

我在这里突然想到了一个词：慵懒。

这是一个十分舒服的词，而绝非一个贬义词。在夜晚的水边，你会感到这个词的闪现。竹躺椅上，长条石上，人们悠闲地或躺或坐，或有一句无一句地答着腔，或摇着一把陈年的羽扇。

　　有人在水边支了桌子，叫上几碟小菜，举一壶小酒，慢慢地酌。一条狗毫无声息地卧在桌边。

　　屋子里透出的光都不太亮，细细的几道影线，将一些人影透视在黑暗里。猛然抬头的时候，原来自己坐的石凳旁躬着一座桥，黑黑地躺在阴影中。再看了，桥上竟坐了一个一个的人，都无声。形态各异地坐着，像是不知怎么打发这无聊的时间。其中一个人说了句什么，别人只是听听，或全当没听见，下边就又没了声音。

　　水从桥下慢慢地流过，什么时候漂来一只小船，船上一对男女，斜斜地歪着，一点点、一点点地漂过了桥的那边去。有店家开着门，却无什么人走进去，店主都在外边坐着。问何以不关门回家，回答说，关门回家也是坐着，都一样的。

有人举手打了个哈欠，长长的声音跌落进桥下的水中，在很远的地方有了个慵懒的回音。

三

黎明，我常常被一种轻微的声音叫醒，一声两声，渐渐地，次第而起，那是一种什么声音呢？推开窗子时，也出现了这种声音。这种木质的带有枢轴的窗子，在开启时竟然发出了常人难以听到的如此悦耳的声音。

这是清晨的声音，是明清时代的声音。也许在多少年前的某一个清晨，最早推开窗子的是一双秀手，而后一张脸儿，清灵地让周庄变得明亮起来。

睡在这样的水乡，你总是能够产生疑惑，时间是否进入了现代？

那一扇扇窗子打开的时候，就好像是打开了生活的序幕，一景景的戏便开始上演。有的窗子里露出了开窗人的影像，他们习惯似的打望一眼什么；有的窗子里伸出了一个钩钩，将一些东西挂在窗外的绳子上；有的窗子里就什么也没有露出来。

晨阳很公平地把光线投进那些开启的窗子里，而后越过没有开启的窗子，再投进开启的窗子里。

四

油菜是植物类种在大地上涂抹得最艳丽的色块，它们绝不是单个地出现，如果路边和沟渠边有株零星的，也是那彩笔无意间滴落的汁点。

油菜整块整块地铺在大地上，仿佛江南女子晾晒的方巾，又仿佛是一块块耀眼的黄金。油菜花在四周里舞动的时候，就有股色彩的芳香浓浓地灌进了周庄。那种芳香让人想到雅致，想到端庄，想到优美的舞姿。

周庄的四周除了波光潋滟的水，便是这富贵的油菜花了。雨也总是在这时间来，还有蝶，还有蜂。古朴的周庄被围在其中，反差中显得极有一种美感。

五

在这油菜花纷嚷的季节，最高兴的还是那些蝴蝶，它们不知从何处而来，平时不见，这会儿竟一下子来了那么多。

蝴蝶是最美丽的舞者，也是最实诚的舞者，它绝不像蜜蜂那样嘤嘤嗡嗡，边舞边唱。它就是无声地飞，无声地欢呼。你要是闭上眼睛听是听不见它的来临的，但你先看了它的来，再闭上眼睛，你就看见了它的舞了，它的舞甚至比睁开眼睛看还好看。你闭得眼睛时间久了，那蝶舞着舞着就会舞到你的幻觉里去。

一个叫庄周的人不就是弄混了，到底是自己梦到了蝶呢，还是自己在蝶的梦里？

慢慢地我也快弄混了，我这里说的是庄周梦蝶，还是周庄梦蝶呢？

不管是谁弄糊涂了，反正大批大批的舞者姗姗而来，拥绕着油菜花，拥绕着一个善于让人做梦的村庄。

六

坚硬与柔软的关系，似是一种哲学的概念，有一点深奥，我的哲学学得不好，我就只有直说，其实就是石头与水的关系。

从来没感觉到石头与水的关系搞得这么亲近，水浸绕着石头，石头泡在水里，不，就像是石头从水里长出来一样，长到上边就变成了房子，一丛丛的房子拥拥挤挤地站在水中，将自己的影子再跌进水中，让水往深里再栽种起一叠叠的石头和房子。

多少年了，这水就这样不停地拍打着这些石头这些房子，就像祖母一次次拍打着一个又一个梦境。

这些石头这些房子也因为有了这水，才显得踏实、沉稳，不至于在风雨中晃动或歪斜。

我有时觉得这水是周庄的守卫，为了这些石头，这些房子，每日每夜在它们的四周巡游。有了这些水的滋润，即使是苦难也会坚持到幸福，因为石头知道了水的力量。这样，也许水就姓周，而石头姓庄。

七

时间刚刚走过八点，月亮也只是刚刚轮换了太阳，周庄便进入了一个无声的状态。

像谁关掉了声音的旋钮，不管是走路的、开店的、吃饭的、划船的，都是在一个无声的世界里进行的。

静。静这个字的出现反倒不静了。

你简直无法形容那种静，那是一种沉静，深处里的静，是一种寂静，寂寥的静。

其实这么说时，我也没有形容出那个静。

一两声水响，一只小船划过。

但这绝不是破坏了静，而是更增添了这种静的含量。

一两声狗吠，使这种静更有了深度与广度。

这种静把周庄静成了一个亦梦亦幻的周庄。

这种静让初来周庄的人感到不是到了一个庄子里，而是到了一个失声的世界中。

红灯笼渲染成静的另一种颜色，那是黑色的静的调配色。

红色的和黑色的颜色落进水里，泛起一层一层的暧昧的光。

这种光，便是静的光了。

对　门

一

　　我住的这个地方叫"贞丰人家"，对门是一个"周记铜铺"，铜铺的隔壁是"三毛茶楼"和"梳艺人家"。

　　铜铺和梳铺都是百年传统工艺，铜铺中有两个花白老者，一上午的时间，其中的一位老者都是蹲在地上，在倒腾着手中的东西。那像是个铜器的模子，刀削斧斫的。

　　另一个老者总在烧一个小火炉。袖珍到了极点的炉子，火却烧得很旺。炉子一旁带了一个手工的风箱，拉动的时候没有一点声音。烧旺炉火是为了将铜软化成水，然后再将铜水倒进模子里。一会儿会有一个小铜铲之类的东西从模子里倒出来。

我看了半天，也没有看到那个老者的功效。这种手工艺的制作，实在是太花时间。但是在工业尚不发达的时代，这又是先进的制作方式了。

两位老者一定是这种方式的传承者，而又是现代工业的淘汰者。

经营梳子铺的是一对夫妻。男的偶尔从里间出来晃两下，给女的打打扇子或伸手表示一下亲昵，女的则不大喜欢这些，只顾呆呆地坐了，看着外边。

外边的视野很短，门前的小路也只能三人相并。

铺子两旁是一层层的摆放整齐的牛角梳子。样式还是不少的。只是光顾的人实在是太少，多少使这个小店显得有些冷落。也许偶尔的一次开张，就足以应付一天的生计。

让人感到不俗的是门边上挂着的一个黑色圆牌，

那竟然是用梳子粘拼了一个大大的"梳"字。很出效果又很有创意。

更有意思的是，"梳"字上边是一幅倒贴成菱形的红纸，黑墨写着一个"福"字。

我拍照的时候，"福"和"梳"都进入了镜头。这个镜头很有意味，方和圆搭配，红与黑相衬，两个字不管正念还是倒过来读都好。要么是福的梳，要么是梳的福，或是福梳，梳福。

未必是主人刻意用心，却构成一种美妙的巧合。

二

窗子对面的门又一次打开了。

女主人抽下第一块门板是八点二十五分。

每一块门板的抽取，也像是进行着一个仪式，斜着拉开，抽下，放在靠墙的位置，再斜着拉开，抽下，放到靠墙的位置。

当抽取到第十块的时候，便三块一摞地扛到里屋。这时男人出来了，帮助女主人把剩余的门板扛进去。

这是个幸福的男人，平时很少见他从里面的屋子里走出来，女主人无声地应对着一天的事情。照应着摊子，回答着顾客的问话，长久没人的时候，便坐在屋子的中央，把自己也当成一件摆设。

门板抽完的时候，那个圆圆的用梳子做成的"梳"字又挂了出来，而后女人用一把梳子梳理自己的打过肩的长发。而后就又坐在了那里。

一天的日子就这样开始了。

三

下午四点整，铜铺里的两个老人便打烊了。许是年龄的缘故，也许是在这个时候，已经没有多少人光顾，或许是他们离住处还有一段路程。总之他们是这个小街最早关门的人。

一块块的门板并起来，那敞亮的门便一点点合严了，最后合成了一小条缝隙，老人挤出来，拉起了边上窄窄的小门，咔吱一声脆响，制造铜壶铜铲的炉子、磨刀锯锅的工具便都关在了里边，它们将有一晚上的闲静。

老人的身影一点点融在了夕阳里。

梳子铺的女主人这个时候拿起了一副牌，开始同男人在桌子上斗法。

男人来得很认真，每出一张好牌，便在牌上拍一下，以张扬实力。而女人用无声胜有声，最后男人投降了。

太阳正在斜斜地向水面倾去，它的光线已经照不到这条小巷了，小巷一点点变得阴暗起来。

岁月中飞翔的瓦

一

在桥上闲坐着的时候，我常常把目光长久地放置在瓦片上。

那一片片的瓦以灰暗的色调，涂抹了周庄的岁月。

这种瓦从窑里出来便是一种不太光明的颜色，不像西方的屋顶，会让它展现出红和蓝色的鲜艳，也不像皇宫和寺庙，有那种金黄的宗教色光。

这种瓦本就是代表了平民性，它不是用来装饰的，而是直接进入了生活。

二

这些瓦只在中午的时候会全部保持一种颜色。

早晨或傍晚，阳光会像涨潮一样，一点点漫过一层层的瓦。

而有些瓦由于屋脊的遮挡，还是会呈现出灰暗的颜色，让太阳感到无奈。

到了傍晚，又如退潮一般，光线会一点点从一片片瓦上消失。

最后消失得无影无踪，最终使一片片的瓦，变成一整个的瓦，变成一顶巨大的黑色的草帽。

三

周庄的中市街上有一个烧制砖瓦的作坊，展示了这种最原始的民间烧制技术，它只不过是泥与火的淬炼。

周庄想说这些瓦片已渐渐走出了人们的生活，周庄想拉住它们，就像拉住即将逝去的一种飞禽。

这高高低低房上的一片片瓦，也确实像鸟的羽翅，扇动着却没有飞走。

大片的瓦就是屋子的帽子，它唯一的作用便是遮风挡雨。

小的时候，曾帮人拆过老屋，看似不大的一块屋顶，却能拆下那么多的瓦片。一片片瓦肩并肩、膀挨膀地挤在一起，不给风雨以任何可乘的机会。

瓦其实质地并不坚硬，小时候的我，将瓦扣在地上，一挥拳便会让它粉身碎骨。

这种瘾是砸了无数块瓦才出现的，每一块我都会砸成无数瓣，直到砸不动才停止我的破坏，而那些瓦终也是要被废弃的。

现在想起来有些感慨，守候了一生，还因我等的调皮而不得"瓦全"。

这种瓦掉落地上的时候，是不会发出大的声响的，尤其是这些经过了数百年风霜的瓦，它们的掉落甚至是无声的。

四

瓦是一种亲密协作的典型。

我发现一些屋角的瓦片出现了空缺。

正是由于它们的空缺，其他的瓦也出现了裂隙。

不知是在哪一天，一片瓦悄然滑落，坠地的声音没有谁听见。

而且会碎裂得成为一小撮灰灰的土块。

不细心的人会轻易地扫走它。

有些屋角的瓦是落在了水里，那同样激不起多大的声响，而且会以极快的速度沉入河底。

这些瓦就此完成了它的使命，它们是用尽了最后的力气才失落的，它们绝不想失去自己的弟兄和责任。

它们知道由于更多的瓦片的失落，会改变周庄的形象和地位。

周庄的瓦同石头一样，坚硬地同岁月抗争着。

五

很小的时候，我以为瓦是一整块地盖在上面的，后来才知道，那是一小块一小块的个体所组成的。每一块所覆盖的面积并不大，只是因为多了，才显出它们的作用。

它们真的不如西方的一块铁皮，一整块地覆上屋顶，不知省了多少瓦片的劳苦。

但是周庄必须以这些瓦片来表达自己的生活。

在有雨的时候，我钻进屋子里，听着薄薄的屋顶雨打瓦片的声音。

那声音让人有些伤感。尤其连日阴雨的日子。

是那些瓦片撑住了人们的日常生活，一天天一年年，只要瓦片不坠落于地，这生活就总是延续下去。

其实瓦片不知道，屋子里的主人已走了一拨又一拨。

周庄是生活在瓦片下的，周庄只能生活在瓦片下，没有瓦片的生活，周庄活得就失去了意义。

生活中突遭战火或灾祸，会有一个词叫"一片瓦砾"，可见瓦总是最后的底线。

六

瓦片不仅对同类表示出了友好，也对其他物种表示出亲切的包容。

比如燕子或其他的鸟类飞过时忘掉的一颗草籽

或瓜子，瓦片会精心地为它们保存起来，不致它们死去。

即使没有谁找回这些失物，瓦片也会供养它们生长，长成花，长成草，甚至结成果。

七

制瓦的作坊中有一位六旬妇人，刚做了一些瓦，正坐在那里休息，一把摇扇摇动着暑气。

她的身边堆放着尚未成熟的土瓦，也就是刚刚从泥土中走出的瓦的形状。老人说，这还需在瓦窑里放置七天，再浇三天水，才能变成真正的淡灰色的瓦。

我想看看瓦的制作过程。

一只手将一些泥巴摔打在模子上，另一只手轻轻地转动模子，慢慢地抹匀，从模子上取下的竟然是一个筒状的泥圈圈。

老人用工具将这泥圈圈画出均匀的四个条纹，差不多快晾干后，用手一一掰开，瓦的外形就产生了。

瓦，每次都是以四胞胎的形式诞生于母体，而后还要经过七天熔炼才能进入生活。

看来做什么都不易，做一片瓦也这么艰难。

而瓦的出世，注定要在一个屋顶上的一个固定位置，固守一生，还不像人，可以换好多个地方，有选择地安排自己的命运。

瓦不行，瓦还不如原来的泥土，可以生长一些草或者花或者谷物，而后被人们像赞颂母亲一般赞颂。瓦一从泥土中走出，就变成了另一种物质。

做瓦的主人叫怀叙龙，说着一口难懂的江南话。

我上午去时他没在，我同他的老伴聊得很好。

我还给她照了几张相。我觉得她很上相，不仅长相端庄，而且感到她见过世面。

我拍照的时候，她很会配合，神态自若。清晨的光线下，灰白的发和红润的脸透出乡间老太的特点。

下午我就见到了她的丈夫，我以为会有更多的话题可谈。这个老头不像他老伴有气质，但他是主要的制瓦人物。

我显得有些兴奋，想从他那里得到更多的关于江南水乡制瓦的东西。

可是一交谈就发现遇到了麻烦，尽管老人也很健谈，总想告诉我点什么。

他不像他的老伴，不会把很标准的江南话变成我能够听懂的语言。我总是在猜他说的意思，比如他的名字，是绕了很多口，才弄明白的。

两口子过去一直在乡间烧瓦，瓦烧七天，还要慢慢浇三天水，使瓦一点点变硬变蓝。

两口子烧瓦，三天可烧制两百块。

现在他们的事业就是不停地将老旧的制瓦工艺展示给人看，尤其是那些城里来的年轻人。

周庄展示并保存着制瓦工艺，那是对瓦的一种敬意。

佛　境

一

　　我所住的地方不远，就是澄虚道院。在我来周庄的几次中，我竟忽略了它的存在。

　　夜晚来临的时候，月华将中市街变得一半明亮，一半阴暗。整条街道已无多少人行走，静的感觉越来越深沉。

　　白日里，不知有多少人声浮过，多少脚步踏过，夜晚竟全然消失了，不知一个个都去了哪里。就像两组电影镜头，在同一个地点，现出两种不同的景象。

这个时候我听见了一种声音，幽幽的，怨怨的，如泣如诉，但又不是十分的伤感，幽怨中倒是很动听。

慢慢地就知道了是一种胡琴的声音，月夜越深沉，就越清晰。

我循着这琴声而去，先是看见了一座小桥，就在澄虚道院的对面。

后来知道那叫普庆桥。

走近了，才发现桥上的人。

一个，两个，三个，哦，这边还有，一个，两个，三个……全都静静地一动不动地坐着。

我悄然地坐在暗影里。

拉琴人似乎也没有看到我的加入，只顾自己陶醉于抽弓送弦的洒脱中。

他拉的是一支古曲，听不大懂，又觉得听懂了。似是一个人在诉说。

一曲终了，拉琴人端一壶茶慢慢地酌，而后轻轻放下，再一支新曲响起。

胡琴，这是一种江南的乐器，它代表了江南的特点，就像马头琴，只适于草原。

听到马头琴的声音，会感到草原的辽阔，而听到胡琴的声音，会感到周庄古旧的悠扬。如果说马头琴弓抽出的是草原的飘逸，胡琴之弓拉出的就是水的流动。

夜晚的胡琴的声音，使周庄的夜更浓更酽了。

一抹云遮过来，整个世界霎时一黑，即刻又透出光来。

琴声却没有停。

那声音让人有点迷惑，是从水上划过来的？还是桥孔渗出来的？

它整个地弥散得四野到处都是这轻扬的极富月夜气息的曲调。

这个时候我尚不知道澄虚道院。

那曲调一定越过了道院的上方，并变作一缕香烟渐渐逝去。

拉琴者拉完最后一支曲子，抽弓收琴，携茶而慢慢步下小桥的台阶，闪入的竟是一个有着精致门楼的院落。

此人走后，我仍坐了很久，让那琴声在我的回味中慢慢消隐。

而后走下台阶，走到那个院子的近旁，这才发现，门头顶上"澄虚道院"四个大字。

这倒有些怪了，刚才的一幕是实是虚呢？我责怪我的大意，怎么就一直没有发现这里隐着一个道院。

也难怪，白天这是何等热闹的所在，周围被各种摊点店铺包围，小桥上下也就一片人声，澄虚道院就在这样的环境中打坐。

它是初始建在一个远离闹市、清静地方的，是当初选址时这里尚处在镇子的边缘，还是建寺就是专意寻了生活场景呢?

如是后一种，则显得意义非凡了，临嚣取静，并直接切入生活，听从劳动者的诉说，接纳普通人的意愿，完全的人性化的构筑。

后来查资料，见《周庄镇志》有这样一段："明代，院西无人家，桥有雀竿悬灯，以西湾之夜泊者。"

这说明当时道院一带还是比较清静的。夜晚的景象倒也与现在无大区别。

澄虚道院始建于宋，距今已有九百年的历史。明代中期以后开始不断增建，规模日趋恢宏。至清乾隆十六年，已经形成占地一千五百平方米、前后三进的宏大建筑。诸殿中供奉各种菩萨塑像百余尊。实可谓黄墙绿树，楼阁参差，余钟磬音，庄严幽深。

自然，道院在不断扩大，庄子的范围也在不断地扩大，逐渐增长的街市，慢慢地已经将道院围在其中。这可真是闹中取静了。其实，它是占据了优越的地理位置和风光美景。

清初有个诗人叫张泠的，如我一般，对这种构筑也觉稀罕。他漫步于中市街中，被熙攘的人声和琳琅的商品所引，路过澄虚道院，先为之惊，后便颔首而笑：

世人移入作仙邻，

桃源竟与尘凡通。

烟火生聚成邑里，

鱼盐货贝来至止。

估客帆樯集画桥，

无都馆外成闹市。

望上一眼，便又悠悠哉哉地没入拥窄而热闹的街市中。

步入这个院落，着实有一种古色古香的感觉，尤其是那种大黄和大红涂的墙壁和门窗，神圣而威严，加之高巍的神像，让人肃穆敬畏。

当然，同其他大的道院相比，澄虚道院仍显得有些陋简。但这并不妨碍它成为人们放逐心灵的所在。

那些与之相邻的街市上的百姓可以随时走进这座用红色和黄色为主调的院子，将生活中的美好希冀，借助一炷香火燃向天穹，而后满足地走出。

信仰是崇高的，有信仰的人活着才有寄托，有力量。

二

除了澄虚道院还有一个全福讲寺。

有一种说法，说周庄是由全福讲寺拓展来的。我查了资料，证明这种说法大致是准确的。

周庄最早是元代一个小官员周迪功郎的场所，即所谓田庄。

迪功郎是一个什么样的官呢？我到现在也没有弄明白，他在这里设田庄是为了收获稻谷，那么，这个田庄的庄字就与村庄的庄有了本质的区别。因而，布庄、钱庄、饭庄的名，都是与之相通的。周庄，最终成了一个商人会集、庄铺林立的所在也就不难理解了。

周迪功郎这个人和他的夫人章氏并没有做什么发财大梦，而是以一颗慈善之心搭起一道宏愿，那年适逢遇到天灾粮荒，百姓跪天祈求有个好年景，周迪功郎便将二百亩田产投给佛教的发展，这无疑给全福寺的全面扩建带来了可能。

周边散居在水乡的人们必然地要来慢慢扩大的全福寺烧香拜佛，慢慢地也就把这里当成一个聚集地，人员越迁越多，一个庄子也就渐渐形成。

有人说周庄是"水中佛国"，这话我信，在老旧的周庄地图上，标示着大大小小的佛寺道院十几处，先寺后镇的历史也使周庄佛光聚笼。

《贞丰拟乘》说："此间男女,最崇香信。""里中风俗,尚气节而重文章,好行善而敦公信。遇有胜举,必极力共享;见有懿行,必交相称述。"全福寺早已是远近闻名的古刹,几百年来香火鼎盛。

大雄宝殿内供奉的一座高达三丈的如来大佛,掌中可卧一人。据清《周庄镇志》载:如来大佛本苏州虎丘海涌峰云岩寺世尊像,清顺治五年,总戎杨承祖兵驻白蚬湖边,迎于寺内。说明这座大佛确实是有来头的,也就更加证实全福寺的历史性和影响性。

走进全福寺,整个建筑殿宇轩昂,黄墙黛瓦,颇为壮观。越往后走,越见绿荫苍翠,碧水曲廊。临湖有拱桥倒影,垂柳成行。

周庄热闹的时候,一些人冲着这里的景色而来,冲着这里的文化而来,也有一些人是冲着这些寺庙和香火而来。

早晨,会有一阵钟声沉闷地滚过周庄的上空,像带了某种水音，或者感到钟声将水也振荡起来，一同翻涌成声响。

那钟声就是全福讲寺传来的。

它在告诉周庄里的人们，新的一天开始了。

它似乎还告诉人们，时光更替，不可回转，新的一天，更要格外珍惜。

周庄的雪

一

雪覆盖了周庄。

雪落下的时候，周庄还在梦里，雪不想惊动周庄，在晚间完成了这次行动。

雪同周庄一样，不是太爱张扬，自顾自地干着自己的事。

其实，从北方哪里来的雪，并不是太适应南方的环境，它是被风领来的。

初开始在阔大的湖面上跑，跑了半天也没跑出个结果，寻到周庄算是找到了感觉，就直接地进入了周庄的梦境。

雪生来就好像是干着一种覆盖的事情，只有覆盖才能说明自身的意义。雪在南方的湖中很难找到这种意义，就像人，最终还是要在水中上岸，在一个一个的庄子里生根开花。

北方来的雪，对周庄表示出了少见的亲近。

初开始它们不知道如何进行第一步，顺着水进来的都没有成功。顺着桥进来的，一部分留在了桥上。最有成效的是顺着瓦进来的，一大片一大片相连的瓦给雪带来了便利，时候不大它们就从天空召唤来更多的伙伴，将这些瓦覆盖了。

周庄立时就改变了形象。

而后，雪又深入到了桥头巷尾、小路的拐角、船篷乃至船舱，雪的作品终于完成了。

雪中的周庄，如暗恋的情人，掩不住招人的妩媚。披一身玉色的斗篷，斜斜地枕在晨阳里，将古朴与静逸半明半暗地写意出来……

周庄醒来时才发现了这种魔景，雪的水乡另有了一副独特的着装。

二

孩子们跑出来。

跑得最快的摔出了好远，跑得最慢的也趴在了雪地上，笑声由此而起。

老婆婆不敢出来走，扶着门框笑。

狗从身边钻出，雪地上起了一簇簇梅花瓣。

一只顶着雪帽子的船划动了，主人并没有拂去那雪，任由白色的小船撑过白色的小桥，轻轻地划出白色的村庄。

更多的门咿呀咿呀地响起来，即使是平时不常走出屋子的人们也要看看这雪。

全福寺的大钟猛然间响起，金色的声音将树上的雪一层层震散了，扑扑簌簌落了一层的水面，而后迅疾地消失得无影无踪。

雪赋予周庄吉祥，屋檐下的红灯笼显得格外的红。

雪虽然覆盖了周庄，却没有覆盖住这里那里冉冉飘升的万三蹄髈的芳香，没有覆盖住阿婆茶楼里吴侬软语中夹杂的阵阵笑声。

游人在这种氛围里走进来，来看银装素裹的周庄，来和周庄同赏这北方来的雪。

周庄真是诱人。在自己踩在青石板上空灵的足音中，会听到自己的心像小鹿跳。

说一声，春节就要到了。

独坐桥头的影子

一

我不止一次看到她了。

起码在我小住的这几天里，我时不时地会发现她的身影。

那有些过于单薄的身影，或在寺院，或在街巷，或在水边，而更多的是在桥上。

我就是在桥上注意到她的。我没事的时候，会坐在某个桥头，静静地坐着，没有目的地坐着。

也就在这样的时候，我会看到我坐着的不远的桥头，或我将要去坐着的某一个桥头，总有一个女子也像我一样，没有什么目的地坐着，什么也不干。

起先我以为她在等人，或坐一会儿就会赶路的，因为来周庄的人大多数是匆匆而来匆匆而去。但我发现我错了。这个女子没有即刻离去的意思，她定定地长时间地坐在了那里。

她或许同我一样，喜欢这里的水，这里的桥，这里的人文气息。

在我发现她后来的几天里，她总是这样，几乎同我一样，坐遍了周庄的大大小小的桥。尤其是在黄昏后，她会一直坐到月光迷离的晚上。

我对事件的好奇或是对女子的好奇使我有些关注起她来。

我发现她是忧郁的，她的眼睛里没有水样的波纹，在她往水中看的时候。而且她的头发扎得很随意，不像沉浸在青春热望中的女子，十分在意自己的发式。

我的猜测通过一场雨验证。那雨到来的时候，我们都没有带伞。按说这个季节是不该有雨飘落的，但这样的雨还是在这样的季节来临了。这就是南方的季节，南方的雨。它不论时节，更不论人的心情。

雨来临的时候，我跑掉了，起先我没有跑的意思，我是喜欢江南的雨的，我总是看那些雨如何沉落到桥下的水里去，看得久了我就会有一种感觉，觉得是雨不是落下去，而像是从水里钓上来。但我终于承受不了这次的雨，于是我跑掉了。

我走的时候发现她在我待的这个桥对面的另一个桥上，但她好像没有回头的意思。

等我打了伞出来的时候，小街上的人已经不多了，我有意无意地向那个小桥走去。果然她还待在那里。

我打着伞慢慢地拾级而上，我竟然看到了她的泪光。

那是一个女子忧伤的泪光，在雨的陪衬下，悄悄地自她的心内涌现。她的发丝更乱了，那是雨和风共同的杰作。

我知道，这女子一定是有着什么烦心的事化解不开，而且她不是周庄人，她甚至离周庄很远。但她为什么选择了周庄并长时间地留下来，我就不好猜想了。

二

在我回到所居住的贞丰人家的时候，我竟意外地遇到了她。她好像刚刚从外边回来，正向服务员要房间的开水，她一身湿漉漉的，显得有些冷。我惊奇我们住在一个旅馆好几天我竟然不知道。

贞丰人家没有多少房间，两进院子加之楼上也就十几间吧。我是住在大门口边的厢房里，而她是住在后边，所以出来进去就很难碰到了。

那个后边，是我最先放弃的，我有些害怕那阴森古怪的气氛，尤其是在晚间。怎么她就不怕呢，还是前边的没有了房间而无奈地住到了后边呢?

我从来没有见她打过手机,在通信工具如此普及的今天,那个小玩意竟然没有在我的视线中出现过,回到房间里是否使用便未可知了。

此后有两天的时间没有看到她了。我借故问服务员是不是她已经离去了,服务员却说她病了,躺在房间里发高烧,刚刚去给她买了药。

我不禁有了一丝恻隐,但我无论如何找不到理由去帮她的。一个心境不爽的女子随时都会染病在身,她这是有点折磨自己。

三

两天后我吃早餐的时候遇到了她。这个旅店是没有早餐的,每回都是小张经理给自己做时,给我捎带一份。

一张小桌子,多摆了一双筷子。她坐在了我的面前。

我说，我认得你，你来了好多天了。

女子说，我也认得你，你也一样。

我说可能我们在这里的心情不太一样。人遇到什么难事，一定要想开点，时间一长就过去了，没有绕不过去的坎。

女子说，谢谢，我已经绕过去了。我知道你在观察我，我是遇到了难事，我本打算到我从没有到过的江南走一走，花完所有的钱了却一生的。但我现在不这么想了。

我说，也许是周庄救了你，也许是那些小桥救了你，也许是那场雨救了你。

女子说，你是写诗的吧，说得这么好，实际上是你救了我。

我惊愕了，我怎么会救你呢？

女子说，你对生活太有激情了，你总是每天起得早早，不停地照啊照，不停地写啊写，你总是出现在我的孤独与忧伤中，实际上是把我的孤独与忧伤冲淡了，让我沉不进去，并使我在你的暗自关注下觉出了羞愧。

是吗，我高兴了，我们没有一句话的交流，竟然是交流了很久。我有了老熟人的感觉。我说每个人都是很脆弱的，我也在周庄小桥上一个人落过眼泪，那是想到了永远离去的母亲。

是吗，女子说，为什么周庄会让人有这么多的念想？

我说，可能是这里的环境同我们有一段距离，亦真亦幻的氛围常常会影响人的。

我想让她谈谈自己的内心，她说不用了，不想说了，已经过去了，随着周庄的水流流走了。

四

我们说这话时，是坐在贞丰桥上，风吹着她的发丝。那头发打理得很好，我发现有一枚周庄卖的竹簪别在了她的头上，朴实自然又大方。

她其实还很年轻，说不上漂亮，但很秀雅。

后来就真的不见她了，她可能返程了，我想她的心情同来时是真的不一样了。

"我走了，谢谢你，谢谢周庄，这种情意将朗照我的后半生。"这是服务员递过来的字条上写的。

再到桥上的时候，我感觉就缺了点什么，心里空落落的，竟有了某种遗憾。写出来未免好笑。

其实我连她叫什么、是哪里的人都不知道。

知道了又能怎么样呢？

只是在我的照片里，有着一个女子独坐桥头的影子。

你们谁想看了，我传给你们。真的是一幅不错的作品。

三毛茶楼

一

看见他的时候，他就坐在那里，那是茶楼的一隅，在一个个喝茶的桌子和柜台的夹角上。

几乎每次见他，他都坐在这个地方。

他不坐在某个茶桌旁，是不想占据一个茶客的位置，或不想太招眼，这样就更显出了茶楼平日的宁静与空寥。

来三毛茶楼喝茶的必然是少数闲人和文化人，旅游团队是不好停留喝一壶热茶的，那就太耽误导游的事了。

所以多数时间他就在这个角落里坐着。

坐着也并非闲着，他总要翻一两本书。他本是个文人，开茶馆并非是他的主业，若不是三毛茶楼这四个字，他恐怕早回家写东西去了。

我说老张，你还在看书呀！老张张寄寒站了起来。

老友相见很是高兴。

他的小桌上摆了《小说选刊》和《散文选刊》，都是他自费订的，其中一本还是我主编的刊物。老张说每期都会认真地看过，尤其是我的卷首语，写得不一般。我就更高兴了。

老张比我大得多，又是老作家，我想他是不会恭维我的。

在茶楼的柜台里，我看到他又出了新书，就索要了一本，里边摆的其他几本我都有了。新书出得很厚，说明老张又有新的收获。

我说不清几次来茶楼了，每次来周庄都想到这个茶楼来坐一坐，不只是想看看老张，也是出于对三毛的一种感怀。三毛一晃走了好久了，周庄有这么个所在，脚下走着走着就走到这里来了。

最早是在20世纪末的1999年，我第一次来周庄，来到这个茶楼，茶楼里摆了纪念三毛在周庄的图片和信件。

同老张的聊天中，也了解了三毛对周庄的感情，回去写出的《绝版的周庄》中有一段就提到了三毛，那种感怀就是从这里引发的。

我总觉得三毛有一个精魂在周庄，那便是三毛茶楼。

那是周庄为她打造了一个心灵的栖息地。

这个地点的主人就只有老张胜任。因为老张是最早写出三毛在周庄的文字的人，是同三毛通信的周庄人。"周庄有你在，真好"是三毛对老张的赞许之语，友情之心。

老张没等来三毛，老张把一个文友一个女人的话语印在三毛茶楼的名片上。

这使得老张总有种郁郁的神情，起码我认识他之后这么认为。

很多三毛的崇拜者、研究者以及台湾的学者寻着来三毛茶楼，就像找到了知音。

老张也忙乎乎地欢喜万分，为他们泡一壶茶，而后同他们聊起三毛。这时才看出老张的活泛，他的文人气质也就此显露。

有一次我们几个文友是在晚上来访，围坐在茶楼与老张闲聊，一直聊到很晚，直到尽兴而归。

二

说起来这个茶楼所在的位置有些深，如若在富安桥四周可能要好一些，走到这里的脚步往往是一些尾声。

很多人如不熟知三毛茶楼的故事，或时间不够，就不会往深处探询。

这样老张的收入就少一些，从他承包的角度讲，他可能不会有什么盈余。

话又说回来，不在主道闹区，远离了烦嚣喧扰，三毛茶楼更有了一层幽静中的神秘，还带有了一种文化的意韵。

而张寄寒也就会得些空闲，让依然文人的精神，飘忽于文字之间。

我是觉得，进入这个所在，就感觉到了三毛的气息。

那板实的老桌老凳，稳重地摆在那里，小巧的杯盏和砂壶，散发出江南独有的特色。

同其他茶馆不同的是靠窗的位置，还多了两副似乎是自古就放在那里的围棋。许是时不时地有人在这里泡一壶清茶，玩味一会儿人生的闲适。

窗子后边仍是周庄的水，水中间或有小船划过。

也会有浣洗的声响，伴随着女人互答互应的说话声。

一簇树荫，会随着阳光的变化而透到屋子里来。也会有风，自水面上一层一层地趔过之后，有一些就从这里溜进中市街巷。

何时屋子里的人打一声咳，也会立时从窗子跌进水里，传一个长长的响声回来。

这正是三毛之类文人的所爱。

就这样等着三毛吧，等着三毛的精魂，等着三毛样的游子，不是那么频繁地循来，知音一般的友情立时会氤氲整个茶楼。

一直没提老张的夫人，她比张寄寒待在茶馆里的时间更长。有时不见了男主人去了哪里，这个富态的古典的同她的实际年龄不相称的老张嫂，便成了茶楼的另一个景致。即使是像现在张寄寒坐在小桌旁读书看字的时候，她也会一声不响地伴在柜台后边。

这是一个和谐温馨的画面。

茶楼隔壁和对面有书画斋，有中药铺，还有铁匠铺和砖瓦铺。由此构成了更大的和谐意味。

或许会有中药的味道或许会有墨香的味道，同茶香融在一起，也或许会有苏州评弹的声音，和铁锤的敲打声轻轻传来。

如果再有一场小雨，就更有了一层韵致。

一直没见过张寄寒的孩子，他的孩子都很争气，而且也如父亲一样喜爱文字。

我曾读到过他的儿子张石磊的一篇文章，很合乎我现在的感觉：

对于父亲来说，茶楼和自己的文章一样，也是一份事业，一种理想和追求。父亲说过，这小茶楼也是一篇散文，这篇散文辞藻并不华丽，篇幅不长，所以稿费也不高，但意境和韵味总是第一要紧。

天　堂

放任的形态

这是一个完全地可以打开自身的地方。

无论是在水的两边的石阶上还是树影下，还是躬着或不躬着的桥上，还是飘着各色幌子的小小的酒肆茶店，你都可以放任自己的形骸，想打开到什么程度就打开到什么程度，即使是平时看了是一种很不雅观的姿势。

在打开了这种形态的时候，其他的就都关闭了，你的烦躁，你的苦恼，你的忧伤，你的红尘思绪，你的喧嚣中的躁动，都变得一片空白。

打开吧，尽情地晾晒自己，在有阳光的白天和有月光的夜晚，靠在周庄的某一个部位上，舒坦地听水的周庄絮絮叨叨，说着你似懂非懂的话语，让时间无节制地在醉眼蒙眬中流走。

即使打开一壶阿婆茶也会醉啊，醉在不知缘由的放任里。你许把那酒与茶也当成了水乡，沉进去就不再想出来。

奇异的香

刚到周庄的第一个晚上，在沈厅酒家用过饭后随意地走，感觉是闻到了一股什么香味。

开始想是谁家燃了香的缘故，因为确实有股檀香的味道，是那种住家户用来驱蚊或改善屋内空气质量的吧。

但它竟然是在随了我在飘，而且越接近双桥就越浓。

因为是在晚上，无法辨识什么。

第二天散步的时候，我看到了对岸的一排排的树，就问身边的朋友。

旅游公司总经理任永东告诉我说："这是香樟树，你能闻到它的香味的。"

"它开花吗？"

"开的，那些小小的米籽一样的就是花。"

我果然看到了，在树叶子丛中躲着的一簇簇密密的白中泛着黄的小花。

"那是一种什么香味呢？"我接着问。

"便是檀香的味道。"

嗬，我忽然想起昨天晚上那股酽酽的香。原来是这些香樟树发出的自然味道。

远远望去好大的一排在对岸或直或斜地站立着。

有了这样的树，给周庄又添了一彩，既增加了视觉上的美，又增加了感觉上的美。

当我将目光凝注在这种景象中的时候，我又发现了不同的树种，我向任总问起时又吃了一惊。

"那是栀子花树，已经开过了，你若早一时来，还能闻见另一种花香。"

栀子花我见过的，花开季节，在江南的街头，常常有人用篮子装了叫卖。

很大的一朵白色的花，女孩子买了去，挂在衣服上，会一路飘着清清的香气。任总说着的时候，我已经回忆起那是一种什么香气了。

任总接着又说了："那边还有桂花树，你晚几个月再来，又可闻到别一种香味。"

"是'八月桂花遍地开'的桂花吗？"我又是一番惊奇。

"是呀，它的花同香樟差不多，味道却绝然不同，一个开在夏天，一个开在秋天。"

我说："第一次来周庄，那是在四月吧，我只发现了这里的樱花，就把它写进了文章里，其实真不知有这么多花树的。"

任总说："还有呢，还有花期更长的木棉花，现在还没败呢。冬天还有梅花呢。"

真的是没有想到，周庄还有这样的另一番奇景。只顾了它的古老、古朴，顾了它的实在，而没顾它的鲜艳的陪衬。

其实这些树也是周庄的构成，在江南的水乡它几乎是一年四季都被香气氤氲着，这种不同季节散发出的不同的馨香，友好而悄然地给游客增添了雅致的游兴，以"古色古香"来形容周庄，竟然是如此贴切。

当然，再加之开在家家户户中的蔷薇花、月季花、菊花等花草就更多了，那简直连水都沾了香气。

这种香能让人想到女性用的香皂味、沐浴液的味、洗发水的味、化妆品的味。

我曾把周庄比作江南秀女，这也许就是周庄的味了。

这种香是周庄自身的香，内部的香。

还有外部的，那便是油菜花的香、稻花的香，那是乡间的味道、农家的味道，更是自然的味道。

这种味道同周庄的味道搅在一起，就变成了整个江南的味道。

树上的鸟

我是不经意间看见它们的，它们安详地相伴在一些叶子的后面。

我叫不清它们是一种什么鸟，也叫不清它们所落的树是一棵什么树。

它们不时地动一动羽翅，但并不飞走，不时地稍微挪动一下抑或是站得有些麻木的红脚趾，而后还是要站着。

是的，它们不能像人一样地躺着，而且还会搞一张舒服的床，它们兴许整夜整夜地站着，睡觉或者不睡觉，说话或者不说话。

它们裹着厚厚的羽，像刚从西伯利亚归来。那羽也少了光泽，真的经了风雨。

有时说不准是公鸟还是母鸟会啄一啄母鸟或公鸟的脖子，像帮它拉一拉领口的围巾。亲密的举动仅此而已。

这是两只有些岁数的鸟了，它们的子女许飞得满世界都是了。也不知它们是什么时间做爱，什么时间生产。在我长久观察的时间里，它们就是这样地拥立着，什么都没发生。

看来鸟也是需要伴的。生下的蛋再多，老了依靠的还是一个情。这时我便感到它们变得亲切起来，它们就像一个哲学名词，或一个寓言在我的心灵里朴实而亲切地抖动着羽翅。

两只可爱的鸟儿，在我住在周庄的这几天里，我经常地会看到它们。

在我的窗外，在窗外的那棵树上，那是两只叫不出名字的鸟儿，那是一棵叫不出名字的树。

石缝中的树

在桥上照相的时候，会发现桥下哪里伸出的一株小树，恰到好处地成了衬景。

歪头下望，竟发现这树是从桥头的石缝中长出来的，这是一股什么力量啊，硬是在坚硬中挤出一枝柔软的生命。

桥从水中跨过，石头是带了水分的，这生命不用担心。为了生长，它还要迎承阳光，于是便弯曲了身子，一直向桥的上部伸展，伸过桥头，伸过房檐。

我观察了其他的桥，总能见到这种奇观，石缝中不是有草生出，就是有树长成。

在富安桥的桥头，竟灿烂地生出了一种石榴树。

这是怎么来的一棵石榴子，会在石缝间孕育成一个根，还是其他地方石榴的树根蔓延到了这里？

我环顾四周，到处是高高低低的房子，没有可以长树的地方，许正是没有长树的地方才在这桥缝中长出了一棵石榴。

石板路

漫步在一块块石板路上，崎岖不平的路面凸起的地方磨得光亮一些，凹下去的还仍然显现着当年的粗糙。

许工匠铺设它的时候，一角下得过重，或可是那一角下面的土慢慢地下沉了。

这就使得小路上总有光亮和不光亮的地方，在光线的作用下，会有着奇妙的和谐的韵律感。

一些鞋子走上去，也会出现不同的音响，只是有人感觉不到，就像感觉不到它的时间一样。

这样的石板路，会将你引到有着同样特色的石板桥上。

那崎岖不平的台阶，崎岖不平的桥面，都让你在心的一角有些忍不住地疼痛，想起来九百年的光阴，一晃就这么过去了。

人都不知老去了多少代，而石头不老。石头就是周庄的证明。

阿婆茶

我总是能闻到一种气息，好像是周庄特有的气息，不是我提到的树的香与花的香，似乎是一种水汽的蒸发。

这种味道在早间或晚间的任何时候都能闻到，让人有一种舒爽的感觉，无论是散步还是行船，或是定定地坐在桥上。

直到看到"阿婆茶"三个字我才恍然一惊，是这种茶的香味吗？

在周庄大大小小的巷弄，到处都有"阿婆茶"

的招牌和幌子，几乎相隔不远一个店铺就有享用"阿婆茶"的人，他们或三五成群，或就一两个人，对几碟小菜，一壶酽茶，不用在乎还有什么事做，时光就汇在了那壶茶中。

这是周庄人的一种方式，多少年来他们就是这样享受着生活。

不知最早的"阿婆茶"叫自何时，最早起于哪家阿婆，让人听了亲切而受用。

原以为"阿婆茶"是一种茶的名称，实际上它已成为一种统称，也就成为一种喝茶的方式。

柳

说完了香树，我还是要说一说周庄的柳。

这是周庄最多的一种树，也是周庄最美的一种树，是周庄的最好搭配。

如果把周庄比作江南秀女，那它就是周庄的发；

如果把周庄比作苍髯老者，它就是周庄的须。

它夹岸而生，细细长长的丝绦直垂在水中。

白天的时候，你会发现水中漂满了它的身姿，它将水都映绿了。

柳不会发出香樟、桂花、栀子花那样的香气。你仔细地闻也闻不出什么味道，顶多是一股本色的青气。但它衬周庄，它使得周庄充满生活的情调。

要么直直地站立，要么歪歪斜斜，有的甚至歪斜到了水面，柳丝也就或是拉成了直板，或是梳成了长辫，或干脆乱发飘荡。

那样，也就要么是水边远眺，要么水边濯洗。

让人想象女子生活中的各种时态。

柳让周庄变得活泛而真实、自然而亲近。

周庄的狗

有一条狗，拖着黄昏长长的影子不知从何处走了过来，在艺化家门口左顾右盼，并不进去，也不走远。

艺化叫了一声什么，像是它的名字。

那狗立时就摇了两下尾巴。

我说：你认识这狗？

艺化说：是，这名字还是我给它起的呢，慢慢叫着它也认了。

我说：这是谁家的狗？

艺化说：我不知道，反正每到饭点它就来了。

我说：那为什么？

艺化说：还不是我每日都把吃不完的东西分给它一点，慢慢就熟了呗。

我说：这狗跟你有感情了。

艺化说：也是啊！这几天它又带来了一条狗。

我这才发现什么时候这狗身后又多了一条小一点的不同种类的狗，长得比它还好看。

莫不是这狗讨到了便宜，把自己的女朋友也一块带来当门客了吧。

这狗还真识相，看看艺化家的饭尚未送到，也不急于往门里进。

看我要给它照相，立时就卧下来，摆个姿势给我。

另一条小狗也卧在了它的身边，倒真像一对情侣写真。

周庄的狗我拍得多了。

在桥头、在巷口我总是不经意地发现它们的身影。

由于它们不乱咬乱叫，也就不大惹人注意。

它们甚至还怕人，一发现人们不友好的表示，它们就迅疾地躲开。

周庄人养狗，看来不一定是看家护院的，也可能沿袭了一种生活方式，与狗的长久的亲近使他们觉得不能失去有狗的生活。

狗实际上仍然是乡村型的产物。

周庄的狗，这种通人性的动物，让周庄又多了一种生活的味道。

庄 子

庄子的叫法一般都是北方的叫法，南方是很少叫的，南方甚至连村也不叫，因而我总怀疑，第一个建立周庄并起名的人是不是属于北方的血统。

周庄虽小，却是个镇的建制。

"过去在小孩子眼里，也是个好大的地方。

"因为镇里有中学，念完了小学，就可以坐船到镇里读中学。

"于是就有了一个盼头，盼着早一天结束小学的生活，早一天像其他的大孩子一样，到周庄去了。

"那时到周庄的船不多，得要起个大早才能赶上。

"水路并不是很远，却隔绝了孩子们朴素的念想。

"船在湖中行进的时候，星星还眨着眼睛。也许就是这种童年怀想中的美好，有一种永久的周庄情结。

"到周庄的时候，学校总是还开不了门。

"孩子们就顺着窄窄的小街，冷冷地走，小街的店铺也未开门。

"冬日里满街筒子的风从这头哧溜一下就刮到了那头，好容易等到有热汤面的叫卖，几个孩子就齐齐地围上去。"

现在已经是周庄镇旅游公司总经理的任永东，讲起小时候对周庄的向往与热爱，似就有一种幸福的回味。

儿时的印象总是难以磨灭的，而儿时的热爱与乐趣在成年后也是很难找到的。

老　墙

早晨的太阳极早地照在了一堵堵老墙上。

起先是照在它们的某个部位，然后才一点点地照遍了整个墙面。

在这个过程中，更显出了斑斑驳驳的质感。

这真是一些斑驳的老墙了，墙皮脱落了一层又一层。能够看得出来，这是不止一个时代的墙皮了。

一层覆盖着一层，显露的部分，有的直达墙皮的深处，老砖毕露。

而往往是这些地方，老砖就更加斑驳，甚至有了千疮百孔。

那种伤痛连带了砖石旁边的木柱，它们也跟着颓废了原有的健壮的筋骨。

有些墙整个鼓凸起来，像老人的脊背。

一些墙又整个地凹了进去，让人感到这些墙都没有了多大的支撑能力，但它们还是竭尽全力地支撑着它们该支撑的部分。

周庄就是以这样的一堵堵老墙支撑起来的。

细心一点的人会发现，有的墙上会挂着一些时代的痕迹。

比如一些标语，激烈的口号响自起码五十年前；比如一个两个电瓷胡；有时还会看到一个戴着绿色凉帽的老旧的路灯。

它们的责任加在一起，就形成了二十世纪六七十年代的特征。

我不知道这些墙会在什么时候倒塌，但肯定它们不会在同一个时间倒塌，这就给老墙很多机会，也给了周庄很多机会。

往前走着的时候，就见了一处老墙坍塌的地方。

由于老墙的坍塌，房顶也跟着坍塌下来，远远看去，就像老人脱落了牙齿，空空地漏着风，这个牙齿好长时间没补了。

可能是对于找到与之相应的配套物质有些束手无策，几个闲人在废墟中或蹲或站，或抽烟或不抽烟，不知下一步如何进行。

双　桥

周庄有座钥匙桥，这座桥的名字起于何时很难有人说得清楚，它实际上是由两座连在一起的桥构成的，一座是世德桥，一座是永安桥。

两座桥一拱一平，构成了一个直角，水的流动也就按照这个直角变成了两种状态，这个钥匙桥就是双桥，成了周庄的中心，周庄的代表。

也许它的形状太像了一种旧时的钥匙，在我想来，它是开启一代富商沈万三藏银地的钥匙，因为在这桥的不远处就是人们所说的沈万三的秘密金库，这个金库设在了水下，朱元璋的人没能把它挖出来。

多少年后，沈万三被折磨致死，也埋在了钥匙桥附近，这个藏宝之地就变成了传说，紧紧地锁在了老辈人的记忆里。

现在这座桥的周围总是聚满了来来往往的人，双桥成了人气最旺的所在。

画画的、摄影的、拍电视剧的，也多是以双桥为最好的背景，小船一只只从水中划过，到这里悠然地变成了两组。

每天早晨阳光最先照亮其中的一座，而后再照亮另外的一座，一些步履慢慢地攀上拱形的桥顶，再从平缓的桥上下来，就让人体会出一些水乡生活的意味儿来。

尽管闹闹嚷嚷的游人不断，当地人的生活依然显得有条不紊。他们在双桥边的早上或晚上照例洗菜淘米，濯足浣衣，将数年间的场景重复再现。

香风拂过，那是春天来了；秋叶落下，那是冬日将临。一年年的时光也就这么过去了。

桥还是那样，架在水上，石板或许有了些微的挪动，显得有些高低不平，但是依然没有妨碍生活在上演，喧闹也依然没有妨碍水和船在下面流过。

这真的是周庄的一副钥匙，它打开了周庄的过去，也打开了周庄的现在和将来。

这座双桥被走来走去的人们渲染得到处都是，它真正成了一副打开周庄文明的钥匙，打开周庄财富的钥匙。

那个最初画出周庄双桥的陈逸飞如今也在双桥边安住了下来，他把双桥真正地当成了他的心魂，而双桥也因为他的存在而感到稳实。

周庄的月

我总是看不到周庄的月亮是怎么升起来的。

但每天晚上它都会悬在高高的空中，将一轮银灰洒在屋顶上，洒在树尖上，继而洒在船篷上，洒在水面上。

那种冷色调的灰光洒得有些不动声色，不像早晨的阳光有些兴师动众，总是搅动起一些声响。

月光的洒过，就像洒水车的喷壶，倒是将一些尘埃似的声响渐渐压住了。

夜就这样来临了。

月亮总还是不如太阳，能够把一切都照得明亮，即使照不到的地方，也靠它的影响和张扬而变得光亮起来。

月亮则显出了实在，照得到的地方就照，照不到的就由它暗下去。

这样，越照得到的地方就越明朗，越照不到的地方就越黑暗。

这便是太阳与月亮的区别。

但我还是忍不住要看一个完整的月亮升起形象。

我叫了一只小船，顺着水动脉络一直向外划，实际上也是顺着月光的最初的光芒向外寻觅。

在船儿的尖头划出了最后一堵灰白的屋脊，我便看到了一轮明月在那里等待着我。

它那般硕大、圆满，在白蚬湖的网子上架着，似被网住的一个银色收获。

而在我这惊羡的瞬间它便上升了许多。

我猛然想起那句"海上生明月"的诗，意境是多么的一致。

湖波像海浪般汹涌，周庄则小成了一艘船，被月照着，照成了一幅古人的画。

而我也全然不知地成了这画中的一点。

这幅画我是在哪里见过呢？当月亮渐渐升高的时候，我想起来了，我在一枚邮票中见过呀，台湾诗人余光中的诗中说：乡愁是一枚小小的邮票。

这水、这月、这庄子，那是故乡的回忆，是绝版的印记。

我这才记起，今天是十六了，十五的月亮十六圆。

昨天的十五，有多少人拥拥挤挤在周庄的小桥上，沐浴着一层层的辉光。他们说着各式各样的家乡话，唠唠叨叨到很晚才消失。

船儿在轻轻地划动着，为这枚邮票增加了一道道水印。

氛　围

一

在周庄有着很多的字画店，生意还都挺好。大概是游人被这里的氛围所浸染，多要带回去点艺术的东西引发回想吧。

我没事的时候也喜欢到这些地方转一转。我发现，画画的要比写字的生意好。也许我对画画不太懂，就像游客也不大懂似的，所以就会在各自理想的价位上成交一笔满意的生意。

那些画起码要人看了类似或神似吧，画的又多是周庄的景物，就感觉着好。书法就不一样了，大多都显得差，不是一般的差，有些连一点基本功都不具备，有些是随意的创造，脱离了书法的基本特点。我不知晓为什么这样的字还能有市场。但我分明看到有人花上一二百元即高兴而去的情景。

看得多了也就看明白了，双方都是因了周庄。

游人把写字的当成了周庄人，周庄人写的字也就有了一种纪念意义，即使不是周庄人写的，也是在周庄买的，同样产生纪念意义。

说不准还有人把这字拿回去去送人。

二

这天我走到一个店面，眼睛就猛然亮起来，这可是真正的文字艺术了。

店不大，所在位置也不太好。是在一条稍显背的小街，对面是水，并不是相拥相挤的店面，构不成热闹的氛围。

但店里张挂的是一流的好字，一看就是有着极为厚实的功底的。字中既有二王的风范，又有独特的个性。

但我发现，店里的游客并不多，可能也像我最初对书法的认识，认为写得歪歪扭扭的不是什么好字。这样我就明白其他的字画店为什么会生意红火了。

我越看越喜欢那些字了，那是不同风格的字，显示出书法的多变和书者的能力。

我向一个正在门口张罗的小女孩打听，谁是这些书法的作者。

女孩指了指另一个女孩，说我们老板。

我不禁有些吃惊了，那确实也是一个女孩，怎么成了老板，且写得那么好的一手字？

女孩正聚精会神地刻着一枚方章，那石料一看就是福建的寿山石。

这样看来，女孩还有篆刻的本事。我问了一张条幅的价钱，回答是想象之外的。如此高的售价，在周庄这样的旅游市场上难免要受到冷落。

我看了一把小扇上有题字，原来也是她写的，就花钱买下了。

小女孩高兴地说这是她们今天的第一档生意。

正在刻字的女孩看了看我，莞尔一笑。那一笑就笑出美来。

原来女孩长得是如此地好，配上她的字，真该是让人刮目相看了。

三

再从这条小街经过的时候，看到这个店面，脚一滑就进来了。依然看墙上的条幅，看她在那里刻字。

她那不急不躁的神情，好像卖不卖钱都无关

紧要。

后来就有人告诉我，说这是一个有过大挫折的女孩。那个挫折也许是由于了她的美貌和才华。梦醒之后就不再回家，来周庄开了这样的一个小店。也许并不是为了赚钱，而只是一种排遣。

这样就不知道女孩的前途是什么样的了。在有些商业化的街道上，她显得有些不入群。但我还是会看到，一些特别的人物，比如日本友人来了，会发现这样一个雅室，欣然进入，品味之后会买走一二。这也许是女孩所期待的。

我确认了周庄给她的氛围，是一个可以养心可以医病的氛围，一个埋藏过去，面对未来的氛围。

反过来说，周庄因了这样的一个女子，也多了一种氛围。

天孝德

一

在天富博物馆里，我见到了摆放整齐的一只只铜手炉和脚炉。

从主人王龙官的介绍中，我得知它们已经经历了很长的时光，甚至是近千年的时光。

让我吃惊的是，这些精致的铜炉有一些竟是周庄自己的产品。早在清光绪年间，周庄生产的铜炉就曾在南洋劝业大会上获奖，就此得到了"庄炉"的美誉。

我在《九百岁的水镇周庄》这本小册子里看到这样一段话：陈去病在他所著的《五石脂》一书中称，他的祖先因元代战乱，由浙江金华一带避难来吴，居住周庄，"以锤薰炉为生，数传始改业油粕制造，迄于余身。然今庄炉之名，犹着郡邑云"。

这些铜炉做工十分精细，尤其那些刻花，那些炉肩和炉耳的地方圆润而不失功夫。

制造铜炉以铜为体，铜匠将铜板打成铜鼓形，铜炉盖上用手工冲成六角形孔或圆孔，再用锉刀镌刻云纹、花卉、虫鸟等图案。

多少年前，在这个封闭的小庄子里，生活物品已经达到了自产自销。并且从王龙官收集到的为数不少的手炉和脚炉来看，周庄人的生活已经进入了丰衣足食的境况，几乎家家都有了这种生活的必需品。

从小街两侧密密相挨的一间间小店来看，周庄人是完全可以自由自在地封闭在这个水中的小岛上，不必要出去闯荡世界。

因而周庄人总是自己在这里变得悠闲起来，他们实际上是满足于一种生活方式，或是从沈万三那里知晓了一些道理，得到的再多，又有什么用呢？财富多了反而招灾。

多数的周庄人便是手捧着一个铜炉或脚踏着一个暖炉，自由自在地照看着店面，或同人喝一壶新茶或听一场老旧的昆曲，我甚至能看见他们眯缝着眼睛慵懒而得意的样子。

手把着这么一个炉体，不仅会有一种暖意，也会有一种把玩的意味，它着实是玲珑剔透，工艺奇巧，是名符其实的工艺品。

我现在已不知道这些工匠是周庄本地人还是外地人，但我从周庄中市街看到了铜匠师傅，只是他们已不做这种细致的工艺活，而只是把铜炼成水，道一些小铲之类的物件，他们也许就是那些铜匠的后人，只是现在的市场已不适宜他们的手艺了。

一个铜手炉的时代已经结束了。

那些铜炉是用一种稻壳慢慢熏暖。

稻米是江南特有的一种物品，很容易取到，很经济也很实用。这也是周庄人在日常的生活中找出的经验，不需用木炭，木炭尚需花些费用，且还会产生烟气。

当火花点燃这种稻壳，就会慢慢烘着，并不会产生出什么烟气，而那种味道，却是芳香的自己熟悉的味道。

我倒是想捧了这样的一只释放稻香的暖炉。

只是周庄人早已不用了这种物件。只留一种想象在这些内容空空的铜炉里了。

周庄已有了布店、米店、洗染店、铜匠铺、中药铺、砖瓦厂，甚至银店、票号等生活中一切应需的生意。

至二十世纪五十年代初期，周庄尚有二十六家大户，这些大户影响并且带动了一批中户和小户，可以想见，即使是贫困的人家，也有可打工吃饭的地方。

二

周围的人们多是冲着周庄这些店铺，划了各式各样的小船，来个一天半天，逛逛一条条街巷，买些自己那里没有的物品，满意地归去。而周庄还是开了一些旅社的，以接应那些迷在这里不想当日归去的客人。

在富安桥头两侧，就有当时最热闹的一间旅馆，一间中药铺，一间茶馆，一间理发店。

它们把据了桥两头的四个点。

这个周庄最热闹的地方，四间服务性的场所，具有了典型的意味，都是人间的所需，而且又是周庄最有名的所在。

当时理发店的传人刚刚过世，他已活到九十三岁的高龄。前些年国家领导人来周庄，走过这桥头，还同他握了握手。他是老周庄的代表。

话再往下说，有些外地人将船系在周庄的码头，就不想再回去了，他们要么租了周庄人房子自己经营些什么，要么是给周庄人做帮工，慢慢地就融入了周庄人的生活。有些混得好的，就在这里娶妻生子，或把水乡的女子介绍来，嫁给周庄人。

可见就是外边的人也喜欢上了周庄的这种封闭性。

在二十世纪六七十年代围水造田的运动中，很多周庄以外的村镇，填实了自己的河道，改造成田地和村庄。

周庄却没有走这样的先进之路，不是有什么觉悟，而是先前的生活状态使然。

他们不需要大动干戈，或者说他们实在是同外界隔绝得有了不小的距离。

那么，那些轰轰烈烈的运动也就不去管这个小小的周庄了。周庄人就得以把着自己的手炉，踏着暖炉的芳香，品着小生活的日子。

我为这些铜炉照了一张张的相，我想留住它们，在自己的记忆中。

三

由此，我想到在天孝德看到的另一些生活用品。

其中就有高高地放在柜子上的一个个或方或圆形的食盒。

那是可以一层层地打开的，一打开就会打开一层层的米香与菜香。

陪我同去的张寄寒告诉我，在他小的时候，周庄人还多用这种食盒。

一方面是大户人家向饭馆订菜用的，另一方面也是大户人家自家里用的。比如举行大的宴会，事先做好，再用食盒一提一提地提进去。

这些食盒给周庄人带来了生活的便利，同时也显示出了周庄人生活的富足。

天孝德的主人也是王龙官，他收集的各类的食盒也太多了，以至于没有地方摆放，只好堆在了柜子顶上。

那些饰了精美图案的来自不同年代的食盒，只好委屈地接受着岁月与尘灰的荡涤。

天孝德是一个有着多层院子与房间的张家大院。它始建于明代。王龙官最后将它买下，用于放置自己的宝物。

这些来自周庄及其周围民间的宝物，实在是太多了。以致不得不有一些宝物会受到冷落。

王龙官说，曾有一团日本人，看见他把一些宝物塞在了柜子底下，不由得叹叫起来，觉得是怠慢了它们。

我还在一个柜子的一角，见到了一个用厚实坚硬的木板"铸"起来的长方形柜子。说铸起来是真的像铁铸一般，那是铁一般的颜色，铁一般的沉实。

这个柜子在顶端横了几根细密的硬木条，从木条的缝隙往里看，黑黑的竟然什么也看不到，我实在弄不清这是个什么物件。

王龙官的夫人走过来，说出了让我想象不到的答案。

这竟然是一个钱柜，是过去的商铺里常用的那种钱柜。

收到的银钱会带着清脆的声响，经过缝隙的碰撞，被丢进柜子里去，直至晚间盘点时主人才会从侧面打开一个锁着的小门。

这个精致的笨重的东西，一下子把我带到了周庄的历史。

我感到王龙官是个有趣的人物，产生了想见一见他的想法，于是才有了下午在沈晓烜老师安排下的长谈。

长谈中我又提到了他放在天孝德柜子中的十八只瓷夜壶。

他笑了。说你都记下了，连我也没有记下有多少只。

我说我细致地看了，有圆口的，有方口的，有壶形的，也有兽形的。我有些拿不准，是不是男人专用的，因为天孝德还有各式各样的便桶。

最早的夜壶是汉代的，还有唐代的，多数是清代的，方口壶是嘉庆年间的。

不知道使用它们的是些什么人，他们中有过什么样的生活。

记得小时候刚从山东随父转业到河南，见到厕所里墙上专门有为摆放夜壶设计的格子，格子里是一个个圆形的陶器，上边有口，很像鬼子的碉堡。

当时不知道这是一些什么物件，很是受了小伙伴们的讥笑。

那些粗糙的黑黑的东西，同这些细瓷比起来品质上实在是相差太远了。

四

一个簪子，不，是一个一个的簪子，被密密地排列在精致的器皿中。

那些玉做的窄窄的物件，依然光亮无比，散发着玉的信息，或许还有一种发香。

它们不知串在多少女子的发上，也不知串在何样女子的发上。

它们不是一个朝代的用品，也就不会是一种体态、一种手相的女子拿起过它们，在镜子前摆弄过，欣赏过，而后插入光亮的秀发中。

或许也插入过韶华已逝、发丝枯黄的瘦发中。

此刻，它们却无声地摆在那里，不知谁人能够享用，等来的是我等一些品味的目光。

在天孝德这个民间的收藏馆内，我不只是看到了这些玉簪。

在玉簪对面很远的柜子里，我还看到了周庄女子穿过的鞋子和衣饰，那些大一点的绣花鞋许是近代的产物，而手可盈握的比婴孩鞋子大不了多少的三寸小鞋，也拥拥挤挤地摆在其中。

让人想到了三寸金莲的实际形态。

娇小的脚，如何就撑起了一个身子，如何就能晃动在周庄的石板路上，甚至晃过一道道老桥。

或许这些女人是不出门的，她们像花一样被摆在家里，摆在《牡丹亭》那样的剧目里。

而那些彩绸水袖及短短的纱裙，真就摆动出一个女子飘逸的秀姿。

可惜只能看到这些衣饰了。

将这些衣饰与那些美丽的簪子隔离开来，让人再将它们放在一起联想，就有了一个空间的距离。

五

由于王龙官的收集与保存，我有了一次开眼的机会，并由此了解了周庄人的生活，我甚至有些感激这个没有多少文化的周庄人了。

王龙官最初是在苏州钢厂上班，二十世纪六十年代初下放到周庄。

先做裁缝铺里的伙计。

由于他的精明，后来选择了单干。

最得意的是刚兴起塑料布的时代，他用烙铁粘制塑料雨衣。那一件件彩色的能够遮雨的衣服使周庄和外地人感到新奇。

后来他用赚得的钱开了周庄第一家珍品店，并且开始了民间收集。

他在买了张家院子后，给自己藏宝的地方取名为天孝德。

这是三个好字，怎么分析寓意都很好，但有些人会把它想成"天晓得"。

因为里边的东西太神奇了。不知到底有多少东西，到底有多值钱，这些东西到底是怎么收集来的，也无人知道一个没有多少文化的王龙官是如何成为一个收藏方面的专家的。

那可真是天晓得了。

张寄寒虽然常住在周庄，却也好像第一次同我走进天孝德。

这个周庄的文人，好像也看呆了。

出来的时候，他还不断地仰头寻找着什么。

最后他告诉我一个秘密，他说他曾在这个张家大院子里住过好多年。

那是中学的时光，他家和几户人家租住了张家的院子。他家租了其中的四间。

他在这里读完了巴金的《家》《春》《秋》。他还记得是在一个小阁楼上，假日或者晚上都会津津有味地品读书中的故事，甚至每天放学都会如饥似渴地读上一段。

张寄寒说张家房东人很好，跟大家相处都很和气。

张寄寒至今还记得有一次放学回来，房东炒了喷香的花生米，偷偷地送给他吃。那个时候是花生米紧缺的时代。

张寄寒说起来的时候，我似乎也闻到了那种难得的脆香。

而今他却找不到自己少年时居住的阁楼了。

这个院子发生了变化，不知是在自家搬走以后发生了变化，还是王龙官买了以后为了收藏和参观的便利，使它发生了变化。

张寄寒是无从知晓了。

迷楼迷楼

在古镇的深处，躲着一幢小楼。

小楼挤在其他小楼的中间，并排着立于水上。

从外表看不出什么更特别处，然而却有人穿过深深的中市街，或越过贞丰古桥，匆忙的身影，一会儿便消失在这幢小楼之中。

抬头，一个屋檐下飘着一个幌子，竟是这楼的名字，迷楼。

我第一次见这座楼，是在晚上。

中市街的店面大都关了，隔三岔五地有一些铺面还未打烊，也就吸引着脚步往前走。

一直地就走到了这座楼前，而这座楼门早已关掉，暗光中就见到了迷楼的幌子。

一时忽发联想，想这座楼一定有什么来历，别是像《聊斋志异》中的什么楼，有着什么狐仙的故事。

这时看迷楼，黑黑的，肃肃的一座楼。

不由得倒吸一口气，撒脚就往回疾走。

巷子里就净显出我的踉跄的脚步声。

直走到富安桥头，才觉出身上汗湿漉漉。

迷楼给我留下了第一印象。

第二天问当地的朋友，迷楼的故事中一定有一位女子，他们说是的，名叫阿金。

好名字，金子主贵，少见，亮眼，敢叫这名字的姑娘，不用想了，一定是位江南秀女。

朋友就说，那是自然。

我说，这秀女一定住在这庄里与一个男人发生了一段故事。

朋友说，岂止是一个男人，是一群男人，而且这些男人还都是江南名人。

怪不得，如此说来，这迷楼之谜就在这里了。

说着也就来到了楼下。

当门一通对联：

周庄古韵地，

迷楼风流处。

难道是一座青楼不成，只是这女子也如望江亭边上的薛涛，才貌出众，留有一世好名声？

进楼方看到，依然是方桌长凳，同别的茶楼无大别处，只多了些古朴与温雅。

正看中，恍惚有一女子走出，轻声细语，招引上楼。

楼上就更显神秘，一座女子的阁楼，会是何样景致？

就见了三五男人，一位女子，真人样围在一起，谈诗论画，指点风雨，叫柳亚子、陈去病、王大觉、费公直的，一帮大文人。

大文人也是人，也爱美女，在四面环水的这个古镇里，风华正茂的热血青年，芳姿秀色的江南女子，如何不有痛饮酣歌、唱词赋诗。

于是真就有了百余首诗篇，结为《迷楼集》，这迷楼也就声名远播了。

一晃八十年过去，人去茶凉，小楼依旧。

楼还叫作迷楼，木凳、木梯还在，窗后的水还在淙淙流着，门前的石板路仍旧承受着风雨。不热闹也不招眼地静候着谁的到来，来品其中之谜。

此楼听说换了几次主人。

二十世纪九十年代初，来了一个大个文人，姓冯名骥才，人们爱叫他大冯。

大冯是个古文化保护主义者，后来的多少年中，他一直是中国民间艺术保护的倡导人。

但是很少有人知道，引发这种民间文化保护意识的源起竟然是在周庄。

那时的周庄还未开发，旅游热还未兴起，周庄以一个自然古朴的姿态留存于那里。

民间的生活仍如小桥流水一样没有大的喧闹，也没有大的波澜。

冯骥才就这样在朋友的怂恿下来到了周庄。

这个来自北方的艺术家，一下子就为周庄的古朴迷住了，他觉得自己见到的每一个场景都是一幅画，让他心旌摇动。

他是在不经意间走进迷楼的，他对迷楼的兴趣在于那些一格一格的窗子，一扇一扇的木门，然而周庄的人说这个楼的主人正准备把它拆掉，用木材盖新房。

这样大冯觉得可惜万分，连忙问这些木材可值多少钱。

回答说值三万块钱。大冯正在上海举办画展，有两个台湾人想买他的画，想到此大冯说我回去把画卖了来顶这拆楼的钱，看能不能把这楼留下。

果然两幅画卖了三万五千块钱。

当大冯再让人问时，楼的主人却提到了十万元。

朋友说看来是买不成了，如果你以十万块钱再买的话，他还会提得更高。

但就是这样，反而使这座著名的建筑保存了下来。

多少年后，它已经成了周庄镇政府的公有财产，成了一处有名的景点。

我想，至此冯骥才先生才萌发了往民间的深处里走动的意识，发现了很多将要毁灭的失传的珍贵的艺术作品和艺术技巧。

于是他开始四处筹集款项广泛呼吁，使整个中国终于行动起来。

越走越远离了那条小巷和那条小巷深处的迷楼。

过去以至将来还不知有多少个普通的或神奇的人物走向那里。

巷弄深深

一

周庄说不清有多少条巷弄，几乎每条巷弄都从水边出发，而后一直向房屋的里边延伸，必然地会通向一个个生活的门口。

只是有些巷子太窄了，那种窄是你想象不到的窄。

在这条街上无数次地走过，竟也没有发现这条巷弄，它挤在酒肆茶舍之间，路过的人必是早被那些高高挂着的幌子弄得眼花缭乱，这条小巷就总是在视线中迷失。

其实在巷口的墙上还钉着一个牌牌：窄巷。

要看到这样的巷子，必得是早上或傍晚，店铺打烊时。

要不是一条狗，我还是发现不了它。这条狗和另一条狗在逗耍，并不是恶战，跑来追去的，一会儿缠在一起翻滚啃咬，一会儿又起而散去，蹦跳撒欢。

两条狗像是在恋爱。

其中一条就忽地不见，另一条跟进去的时候，被我看见，原来是一条很窄的巷弄。

这时我看见了钉在巷口边上的牌牌，这个巷子的名字原是叫"窄巷"。

既是巷，是可以让走的，我便轻轻地走了进去。

之所以说轻轻，是因为巷子的窄给了我一种逼迫感，一种紧张感。

巷内静极，夕阳侧着半个身子在里边也渐行

渐远。

当我深入进去的时候，竟然发现了一处一处的小小的院落。

这些院落让人怀疑曾经改动过。因为不少发黑的梁柱一般的东西以及灰色的瓦堆放得到处都是。

按照惯例，小巷两边都是深宅大院，它说不准会将我引入一个什么人家的后花园中，却不可能是一片简单的住房。

不过，我从这些梁柱与灰瓦中找到了某种答案。

时间是无情的。

我只是从中想象出小巷的昨天。

这种只容一个人一把伞进出的小巷，曾经产生了多少迷离的故事。

江南的小巷，自然也走过戴望舒这样的追梦文人。

张厅的左右各有一条巷弄，说是巷弄，其实很窄很窄，尤其是左手的这一条。

二

　　有两个玩得很好的小女孩，其中一个就住在这个很窄的巷子深处。

　　外边的女孩想找里边的女孩玩，最发愁的就是通过那条又黑又窄的巷弄。

　　每次站在巷子口往里望，幽幽长长都会望出胆怯来，除非放弃。

　　但心又不甘，于是这小女孩想了一个办法，先是大口大口地深呼吸，然后猛然憋住一口气，心里发声喊，就像谁发了百米跑的号令枪，撒脚一路狂奔而去。

　　等跑到尽头，露出一块天地，才大口将气呼出，扶着墙喘息半天。

　　我听了也笑了半天。

　　是一条什么样的巷子呢？

费幸林便要领我去看。

张厅的一位女经理引我穿过张厅的一进进院子，直向后面走去。

到后花园处她又叫上一位拿钥匙的男管理员走向侧墙的一道边门。

可以看出这边门平时是不开的。

原来他们想让我从里往外走体验这条巷弄。

男管理员说：这可是少见的江南第一弄，没这么窄的。

女经理说：上回一个老外，又胖又壮，看了巷子很好奇，便走了进去，结果走到中间狭窄的部位便挤在了那里，横竖都过不去。

老外害怕起来，小小心心地搬着自己的肉退了出来，可让人看了个奇遇。

他们说，过去这巷子里有灯槽，晚间会放一盏盏豆油灯。

但那光不仅微弱，还飘摇不止，忽明忽暗，给小巷更增添些许神秘的气氛。

再往后就连豆油灯也不点了，人们进出全都摸着黑走。

遇上里边出来的人呢？

那可能就找个稍稍宽一点的地方，硬挤着错让。

如果是一男一女呢？

这不好想，也许会因此挤出一些情事来呢？

三

听说过这样一个故事，一个男孩喜欢上一个女孩。

女孩起初并没有看上男孩，但女孩住在这个巷子深处，每每放学男孩就在巷子口等着，要送女孩回家。

女孩因为害怕，也只好由着男孩送。

时间久了，就送出了感觉。

有一天男孩送女孩到巷中间的时候，两个身影叠在了一起。

现在这巷子亮起了节能灯，却并不十分明亮。

我开始走进去，只容一个人的巷弄从这头是一眼望不见那头的，因为前边拐了个直角的弯。

中间宽窄还不大一致，一个人走得急，说不准会将身子蹭在墙上甚至头碰在墙上。

可在晚间谁会悠悠闲闲地走这样一段路呢？

那么，巷子深处住的人家，桌子柜子是如何进去的呢？

原来后边还有水路，可用船装运。

小巷只是用来把人送到前街去。

从这头走到那头的时候，我又想起了那个小女孩，深深地呼吸，而后猛然憋一口气，噔噔噔地向前跑啊……

现在那个小女孩早成了周庄旅游公司董事长赵伟东的妻子。

不知伟东是否也使了那个男孩善意的手段？

老 宅

一

我又搬了一次家，这是一处"戴宅"改成的馆舍。

主人引我穿过过堂，穿过带有天井的院子，而后又是一个大堂，至后边上楼，窄窄的木楼梯发出橐橐的声响。

服务人员说，这在过去已经是进入深宅了，而且楼上是小姐住的闺房。

楼上确实很紧巴，三个房门相距不远，服务员换了好几把钥匙才打开了锁，那门无声地开了，很高很厚的门好像自小姐住过以来就再也没有打开过。雕花的大床，梳妆台，橱柜散发着古旧的味道，蓝花粗布窗帘遮蔽了试图闯进来的光线。

拉开帘子，阳光被限定一格一格地放进来，而一进来，便立时深入到笨重的红檀木的椅子上，深入到灰色方砖上，让紫色的漆发出久违了的色光。

在这个过程里，一些尘灰愉快地舞蹈着。

在屋子的一角，服务生又推开了一道小门，进去是另一个房间，供养着一些盆景之类。像是小姐的书房兼琴房。

打开几扇窗子，却发现从窗子是看不到外面的世界的，只能看到灰白的高墙。

唯一能盛放心情的是靠近院子的天井的上方，那些从四下里坡下去的灰色的瓦楞。小姐看书看倦了，弹琴弹累了，只可让目光在那一片一片的瓦上游移。

我想起沈厅里小姐的闺房，同这里不相上下，只是向着正堂有一扇小窗，可以从高处看到厅堂里的人物活动，最主要的是可以相一相男人。倒比这大宅深处要好一些。

我深深地吸了一口气，这样我就更是吸进去一股味道，那是压抑、憋闷的味道。

想起从外边进来的过程，而这整个大院子今晚或许就住我一个人，我真有些紧张起来。

二

我近乎逃也似的跑下楼去，要求服务生给我换了一间靠街巷的房子。

服务生说，想你写东西需要一个安静的所在。

啊，这个所在太安静了，我怕我晚上要做梦的。

主人小费说：躺在绣床上不会是做春梦吧？

"哪里会呀，恐是一夜惊魂飞舞。"

换到朝街巷的这间房子，虽摆设仍是老式的，但能看见过来过去的人，听到他们的说话声，心情要好一些了。

三

到了晚间我便发现了老宅的特点，由于老，一些寄生物以长久的主人的身份会出来视察一番。

比如小蜘蛛、小蚂蚁和一些叫不上名字的小东西，会爬上我的书本，同我一同阅读一段文字。

它们还会爬上我的床，闻闻这里，嗅嗅那里，想找找我有哪些不合时宜的行为发生。

看没有太大的异常，然后再去别的地方走走，看看原来摆放的东西是否因我的到来改变了方位。

而在夜半的时候，还会有一些轻微的响声在哪个地方出现，好像是这些老房主趁着月黑风高时搬走一些自认为宝贵的东西。

四

这天我住的楼顶响起了很重的脚步声。

我以为谁在急急地拍打着我的门，便大声地答应了一声，起身去开门，才发现声音来自楼顶，原来楼板上也可以住人。

我所待的戴宅，终于又多了伙伴。

后来我便听到了说笑声。

那是在电视的声音中混杂着的，渐渐地能分辨出是女声。

不止是一个人的声音，楼板是这样的不隔音。

我想知道她们为何而高兴，谈论的是什么内容，当我努力从音节中去辨识词语时，竟发现这不是中文的语言。

几个外国妞享受中国古典幽梦来了，她们也是要睡睡凤床，坐坐龙椅啊。

已经很久很久了，她们还在我的头顶上叽叽喳喳地说着笑着。世界变得太小了，周庄倒显得大起来。

第二天起床吃早饭时，我和她们竟然不期而遇。

本来是这个庄院宾馆的经理小王专意给我准备早餐的，叫我的时候，说多准备了一些给客人。要不是她们依然像遇到什么高兴事似的还是说一句笑一阵的，我不会将她们同昨晚楼上的人联系在一起的。原来她们是一群日本中学生。

她们在周庄找到了什么快乐呢？

一个人带给我的某些思绪

一

初春时节，从东边来的煦风带着某种悸动的情调，白蚬湖涌动着神秘的波涛，闪着光亮的水田升腾着生长的欲望。

槐树开始抽芽，而柳树早已将花粉四处张扬。

一场小雨紧接着走来，将这包裹了一冬的一个个旧的庄园好一阵清扫。

在晨晖刚刚漫过的时候，只有雨珠一串串通体透明。

它们在永久伏卧的瓦片上，在只有光阴知道那些细微变化的石桥上和承载着周庄人悠远的过去与未来的船篷上，恣意地展现着自己的天性。

最后由柳绦将余韵一点点一点点地渗透在了只属于周庄的水中。

这个时候，无论你是从陆路来还是乘船来，都能使你感到周庄有一种冷馨而又幽深的气息，扑面而来，使你灵醒而激奋。

二

下午，费幸林叫了一只船。

下到船里小船便出发了，两个人使船舱显得有些旷，船娘划起来比平时轻松了许多。

小船到达双桥的时候，一改往日的路线，直接右拐穿过石梁桥，往银子浜而去。

这里的水路略显狭窄，下面即是相传的沈万三的藏银处。

沈万三作为周庄人致富的代表，从田亩耕作、水产渔猎一点点做起，竟然做成了方圆百里的首富。没有人知道他有多少钱，但他的富裕后来让朱姓皇帝都感到吃惊，那可真是富可敌国。

沈万三的商人气中恐有着较多的文人气，起码他少了某些富人中的奸猾。

有了钱，按说可以办自己的事情，这些钱他是一点点挣下的，其中不知浸染了多少汗水和心血。

但沈万三却向刚刚取得新政权的朱元璋表示友好。

这也算，想为国效力，完全可以花些银两弄个地方官职，尽心尽力实现一方宏愿。而沈万三做的竟是答应朱元璋修建南京城墙的三分之一，这是何等浩大的工程和开支。

可沈万三想都没想就应承下来，不仅出资还亲自督办，其中的心血不比挣取这些银两省力，这是中国历史上鲜有的商人之举。

沈万三的作为也许让我们看到了周庄人的性情。

城墙很快就筑好了，沈万三完全可以以名载史册的功绩回家修道养身去了，而且朱明皇朝还应该嘉许一个名分，使这个周庄人世代安享这个名分，不说"免死牌"之类的，起码有一块巨匾挂在门头。

但事实不是这样。

沈万三看着由自己的力量建起的宏伟的城墙，拍拍身上的尘土，从这头巡视到那头，高兴异常，这简直就是一座用银子堆筑的墙，比藏在水底下要强得多。

沈万三一高兴，就又想起那些银子了。

他要犒赏三军，让朱元璋的弟兄们好好吃上一顿。

沈万三也许是想显露一下江南商人的富有和大度。

当时在中国是很少有人弄懂商人们的底细的。

很多富有了的商人，更多的是回家筹建了乡宅田亩。一个商人这么为国家着想实为少见。

这不仅让一般人吃惊，也让姓朱的皇帝吃了一惊。说实在的，他这是二次吃惊。这位靠农民起义发家的皇帝，还真没有见过什么叫有钱人。起初让沈万三出资修建南京城墙，也只是出于国库空虚的无奈，将来说起来对自己也并不是什么光彩的事举。那不是建国之初嘛，待坐稳之后呢，心态就不大一样了。

一个无名无分的江南商人怎敢向军队渗透呢，你来犒军，我朱家王朝的地位、脸面，放哪去？况且农民的意识使他对富人本就感冒。

朱皇帝脸一黑，就差点要杀了沈万三的头。

沈万三慌乱之中还没有想明白自己犯了哪条大忌。一个经营了几乎一生的财富和名声，就这么不值一谈地抹掉了，还差点搭上了老命。

沈万三不是冒了傻气才怪。

三

船划过银子浜时，我看到两边仍有整齐的房舍，看不到门，只有一排排的窗子。

黄昏时分，阳光从水面上打上来，给这些房屋和窗子罩上了一层柠檬的色彩，那是一种神秘的色彩。让人发许多联想。

费幸林说，当年这一大片都是沈万三的宅地，住宅、花园和仓房鳞次栉比，气派无比。每天都有各式船儿划进划出，不知有多少金银出入。

遥远的南洋人或许不知道，那些让人心仪的越地茶叶、丝绸，江西的瓷器，吴中的刺绣、织品，徽州的商货发运总部就在这个并不引人注目的庄子里。

国内人也不知，那些由一只只小船装回的银子，就堆藏在了周庄的浜底。

四

船穿过周庄，来到了野外，那是一片水与田的世界。

水汊纵横中，田地上生长着绿色的庄稼和一丛丛的树木，很是田园风光。

小船转水过汊，最终来到一处较为宽大的湖面。

一座弓起的桥上驮着一个人，远远地向我们挥手，近了才看清是沈晓炫老师，沈晓炫引我走进了由他主持营造的沈万三故居。

这个故居实际上是想象中的，里边自然没有沈万三的遗物，但把沈万三的生命历程展示得却很全面。其中有说朱元璋想要沈万三的聚宝盆，沈万三不给，造成了沈万三的获罪。

聚宝盆一定是传说中的事了，不好成为史料，但沈老师说这也是从史料中来的，明谢肇淛《五杂俎》和清人的著作中都有提到，而非是周庄人的臆想，且一代代的周庄人也是这么传下来的。

我回头看材料，还真看到这样的文字："沈万三贫时，见渔人携蛙百余，买而纵之池中，翌日，见蛙聚一瓦盆之中，姑取归，聊以濯手。其妻偶遗一银钗于盆中，已而见银钗盈满，不可胜计，乃以金银试之，亦然，由是其富甲于天下。"

看来在多少年前就有关于沈万三发家的传说了。也就正好说明还是没有谁知道沈万三致富的确切缘由，只好编排了很多的奇思怪想。

我在这里第一次知道了沈万三有五个儿子，叫金、银、铜、铁、锡，在沈万三发配云南的路上，其中的老五在个旧留下建立了锡城。

我对这点也提出了质疑，有五个儿子也是可能的，但不可能叫得这么齐整。沈老师说这也不是随便来的，也有出处，在民间也是这么传的。

但有一点，沈万三被发配云南留下了不少人文足迹，他在大理，在丽江，还有贵州都有传说。

周庄人为了验证这种说法，曾几次派人专程考察。担当这一任务的就有周庄的几个名人，张寄寒、沈晓炫、费幸林等。在我来的时候，他们正要起程再下云贵。

周庄人的这种对历史、文化的认真态度让我感佩。

听说上次他们在丽江考察了纳西古乐，感觉同周庄一带流传的昆曲有某种相通之处，就怀疑是不是沈万三带去的曲种。沈万三富足时，喜欢听昆曲，家中就有三班女乐，他常以此招待各方客人，在大摆宴席时让女乐班子边弹边唱，以助酒兴。

沈万三到云南后，发现了利用茶马古道的生意经。这个有着一肚子经商才智的江南人，到了山高皇帝远的地方，自然会利用当地的资源做起了当地人并不十分精通的茶叶布匹等生意，并很快积攒了钱财。

远居异乡，不免有怀乡之情，最好的方法是从故乡请来一些艺人。这样就有了一些混合着高原曲调的曲子流传了下来。

当然还有另一种说法，说朱元璋派三十万大军平定云南后，允许官军家属随军迁往，这些人大多来自江南一带，这样就有了江南的曲种携带而来。

每到晚间，细腻绵长、耐人寻味的《一江风》《一封书》曲调会随着月光，随着微风传到很远很远，那里有他们的思念和迷恋。

对于两种说法，周庄人更为前一个推论而感到兴奋，这是多么大胆而又重要的设想啊。就算是两种说法都被承认也是好事。他们的想法也得到了有关人士的支持。

这样说来，沈万三这个人物就更有了传奇性。我期待着他们的研究成果。

五

船再向外划去。

沈老师指给了我一处地方。那是远方的一片水。

水边有一个奇怪而美妙的地方，叫牛舌头滩。是一块狭长的露出水面的陆地。

沈老师说，以前那里很好玩，周庄的大人和小孩都愿意去那里玩，上边有草也有平地，可玩水、钓鱼、放风筝、割草。

老辈人都这么玩过来了，谁也没有想到，时间走到了二十世纪七十年代，一些玩水的深潜下去时，突然发现了滩地下边有一个个的木桩。

于是有人偷偷地挖掘起来。

消息传出，引来更多的人。那木桩是越挖越多，多到了让人吃惊让人兴奋的地步。

没有人研究为什么会有这么多这么整齐的木桩。

挖出来的木桩都是很好的木材，可以做家具什么的。在那个物资奇缺的年代，能够找到不花钱的好木料，谁能袖手旁观呢？

最多的时候，会有几百条船围着牛舌头滩。就像打一场攻坚战，场面那个热闹，连周围庄子的人都来了。挖出的木材被一只只小船运回家去，或盖房，或打家具。

消息传到了乡政府，又传到了县政府。县政府立刻派人制止，并调来工程队，找来专门的潜水员、挖桩机，直把牛舌头滩的木桩全部挖出来。

没有谁能想到，挖出的木料会堆积如山。

在这个牛舌头滩的旁边，就是周庄过去的造船厂。造船厂必临深水，以便造好的船能就势下水。

沈万三总是从家里乘一条小船过来，问一声好了吗，发声令，就有无数的船整齐地出发。这就是沈万三的商船队，他们或沿不远的京杭大运河北上，或走东南出海直达东南亚。

从这样多的木桩可以看出，沈万三是动用了何样的力量建造了周庄第一个深水码头。一个可以调动巨大船队的码头。这是沈万三心志的出发地，也是他精神的回归地。

远航回来，他还是乘一条小船划回那个久别的家，将一身辛劳和满腹自在搁置于自己的床上。出去再久再远，他回望的还是周庄。

一个曾经的深水码头消失了，还有那个远去的船队和远去的传说。

六

人们也许只顾意外的收获高兴了，而没有深想这些牛舌头滩木桩的来历。当年沈万三的深水码头就这样永久地消失了。

这也许是沈万三留给乡亲们最后的一点资产。这是真正属于沈万三的。沈厅从严格意义上说不能算是沈万三留下的，那是他的后裔的贡献。

至于银子浜，周庄人没有人去集体性地群挖。也许木料离生活更近，银子只能是想象中的东西。

至今，仍有老辈人重复着老辈人的话，说沈万三发迹后，并没有为富不仁，他为周庄修桥铺路，周济穷人，做了很多的好事，当地人都称他为沈善人。

沈万三最后又葬在了银子浜，周庄人倒是对这个传奇性的人物给予了特别的照料。给他修了墓，还给他立了碑。

沈万三的生命又回到了原点。

人活着的时候，不愿意虚度光阴，总是要奋斗的，沈万三给自己的奋斗目标定得很高，并且基本上是实现了他的目标。他生得可谓逢时又不逢时，他奋斗并且收获的最好时期是元代。元代的社会环境非常有利于商业尤其是海外贸易的发展。而他又经历了明朝初年的战乱和朱家王朝对富商的倾轧。

他的人生也可说是辉煌又黯淡。

有人说，挣那么多钱干吗？这不是他所能想的事，他从银子浜发家，最后又归入银子浜，倒是给后人留有了某种想象的余地。

早 上

一

第一次起了个大早，进到庄子里的时间是五点五十分。

阳光已经照耀好半天了。

第二次，我于四点五十分进入庄子。太阳也刚刚迈进来，而行人稀少，甚至早晨收垃圾的船和车子还没有行动。

我在桥上静坐的时候，很长时间才会有一个行人走过。

我显得有些兴奋，不停地把水流、房屋及树木的光鲜与阴柔摄入镜头。

但这种兴奋持续不了多久，周庄便醒了。

这里那里渐渐有了人声。

太阳把更强的光芒泻进来，以适应周庄的需求。

二

一个小店正在开张。

女主人不厌其烦地取下一块块门板，正如她昨晚不厌其烦地一块块地装上。

装上或取下这些门板，也许就显出了周庄人生活的节奏。

一些时间就在这样的节奏中消失了。

门板一块块抽取的时候，一些红红绿绿的物品就显露出来。不像城里的卷闸门，猛一打开，里边的东西就一览无余。

周庄的每个小店都不会这样。

这就有了一些神秘的感觉。在早晨，一个一个的店铺，一块一块的门板都在依次打开，表明又一天生活的开始。

三

在我离开桥头与水边，深入到巷子中去的时候，发现一个有趣的现象，很多的人家都在做着同样一件事情：

生一个小小的火炉。

这是一种近乎原始的方式，在黏土作内胆的炉子中放入木材，用火点燃废纸，再由废纸点燃木材。

经过一段时间再放进一块煤球。

木材燃烧的目的是为了引着煤球。

但这需要一个过程。

每天如此，每天都是这个时辰，就有了一种仪式感。

而这种仪式很多人家都要进行的话，就又有了一种庄严感，这是生活的仪式与庄严。

袅袅上升的炊烟，诠释着一个早晨。

四

对门铜铺的两位老人在七点就开门了。

我站在那里用了不短的一段时间，才看明白这是两个手工截然不同的老人。

一个是真正的铜匠，此时他已经有序地进行工作了。

他把两块砖模分别在小炉子上烧。

吹风机打开的时候，火苗跳动着蓝色的光，从模子的两边可劲地往上蹿。

两个模子的模槽都烧成一层黑色，铜匠便将它们合在一起，放在一旁备用。

老人做得慢条斯理，手的动作也是缓慢的，好像这里也没有着急的关节。

就是从火上取下烧了好半天的砖模，老人的手也并没有急着把模子扔在地上，尽管能看出来，那模子十分烫手。

没有想到的是，炉膛深处竟有一个很小的盛着铜水的小器皿。

炉火烧的，其实主要是这个东西。那是铜匠将一块废铜先行放进器皿，而后在高温中熔化成水的。

老人慢慢地从炉子的深处夹出这个小桶似的器皿，将已经烧好的铜水倒入砖模。似乎仅倒了一点，老人就停下了，并用一个机关炮弹头似的东西在模子一头插了插，而后又倒入一点点水。

水立时就沸腾了。

不需要停多大时辰，模子打开，一把精制的小铜铲就诞生在了里边。

在这位老人做着这件工作的时候，另一位老人却一动不动地坐在门边，一会儿向左或者向右看看，一会儿就又呆愣在了那里。

我仔细辨认了属于他的工具，一个老旧的工具箱旁，堆放着一些铝盆铁锅之类的物什。一堆的磨刀石泡在有水的破桶里。

对了，这是一个锯锅钉盆加磨剪子戗刀的老工匠。

现代生活使他的手艺遇到了麻烦，如果不是周庄的挽留，这种手艺便从我们的眼前长久地消失了。

五

早上八时以后，周庄的平静被打破。

不知从何处走来的人，将原来平静的画面、干净的画面变得喧嚣而拥挤。

我对这些人发生了兴趣。

慢慢地，我也便把他们看成了周庄的一部分，白天的一部分。

一个少女穿着绣着蓝花边的白裙，挎一只袖珍小包，从富春桥上下来，这并没什么，关键是她举着一把周庄市面上卖的油纸伞，关键是早晨的阳光打在了花伞上，又透视了她整个身姿。

我及时抓拍了这个画面：古桥、古巷、石阶上独独的一个少女，举着一把古旧的阳伞。

一个做木桶的工匠正在用巧力组装一只木桶。

师傅姓陈，他的周围已经放了五六只木桶，木桶呈现出米黄的色彩，是那种江南特有的香楠木。

这种木料总是散发着一种淡淡的清香。

他说这种木料有保健作用，而且这种香味对人身也有好处。

陈师傅认为已经完成的木桶，就刷上一层清漆，然后还要再刷上一层。

这样就更有了一层光泽，使其更坚固，黄的颜色更纯。

作为木匠的陈师傅，坐在木桶堆里，头不抬手不停地利用着早晨的时光，在蚬园桥头的这个小作坊。

六

一个老婆婆从小巷的深处一步步走来。

她走得有些艰难。

一只小桶，桶内几件衣物。

老婆婆的身影一会儿就闪进了早晨的光线里，而她的身后还依然是暗暗的阴影。

老婆婆闪进光线里的时候，她的漂亮的白发立时同阳光融在了一起，成了一种银色的丝线，映亮了我的眼睛。

老人一步步走到了水边，然后一步步沿阶而下。

小桶放稳，衣服投入水中，老婆婆的手就活了。

手同衣服在水中舞成了花。

水也便慢慢地像花一样开放了。

在早晨的时光里，我看到一个又一个石台上，一个又一个的年轻的或不年轻的女子，挥洒着这样的水花，那是生活的花朵，开在水乡的早晨。

七

张寄寒领我进入一个小巷，说确切点，是一条巷弄口。

在此之前，他曾引我进入了相邻的一个巷弄，进去发现不对劲，又退了出来。

这是一个很窄的巷子，看不出来里边有多深，也看不出来里边隐藏着何样的生活。

墙的一面刷的白灰已经脱落了不少，而且还在每分每秒地脱落着。

只是我听不到它的脱落声，如果是在晚上，兴许我就听见了，可那时我是不会来偷听这样的声响的，我害怕小巷的幽黑。

在这堵墙的对面的另一堵墙上，依然排着一些黑黑的木板，让人看出原来是一种叫作窗子的所在。

我不明白在前面开门的店主，为何不用砖石替代了这些木板，它们已经好久不再发挥它们的作用了。

正因为没有被撤换掉，才使张寄寒找到了往事的快乐。

那是一个上学的孩子，扒着高高的去掉木板的这个高台，看着浙江来的商人，在里面劳作。

不大的门面不是开在小街上，而是开在巷子口。

这是一间染帽店，老张解释了半天，我才明白就是相当于今天的干洗店。

那时的人们，大都是要戴了礼帽的，尤其是学生。

浙江人是第一家把这种生意做到了周庄。店面再小，也还是有人光顾。

张寄寒新奇地要看看店伙计是如何将他的帽子不过水而拾掇干净的，可他踮着脚尖看了半天，也没看清楚这个工艺流程。

满街飘着的礼帽同一个小巷就这样产生了某种缘分。

我回头望去，染帽店已变成了糖果特产店。

而那货架上，竟突然晃动起一顶顶黑色的礼帽来。

一个时代只能出现在幻觉中了。

张翰回家

《世说新语·识鉴》记载："张季鹰辟齐王东曹掾，在洛，见秋风起，因思吴中莼菜羹鲈鱼脍，曰：'人生贵得适意尔，何能羁宦数千里以要名爵？'遂命驾便归。俄而齐王败，时人皆谓见机。"有人以为张翰辞官是逃避政治险恶，早预见好了的，未免就高看这个才子了，他的身上，还是文人的气质多一些。说他逃避，还不如说他是厌烦。西晋时期很多的文士多是如此。羁鸟恋旧林，池鱼思故渊。不是追求农转非，而是相反。

张翰的走回周庄，是进入了他人生的一个新的阶段。他完成了对周庄自然的美丽构建。六百年后，一个叫周迪功郎的人来到了周庄，并且确立了周庄的名称，季鹰的回归处终于明确了下来。在此之前，周庄的前身只是个有着几十户人家的小村子，而张翰离开的洛阳却早已是个大都市了。繁华锦绣，灯红酒绿比不上莼菜和鲈鱼，那个时候不知有没有牡丹花，在张翰眼里，却不比家乡的油菜花。张翰还是归去了，说实在的，"季鹰归处"原来只是个含糊的概念，顶多说是指"苏地"，季鹰带给周庄的意义，远比沈万三要强得多。严格说起来，周庄的文化意味比商业意味要历久而弥香。

这是一个神秘的人物，神秘得我至今都不知道他很多。《晋书》说他"有清才，善属文，而放纵不拘"。尽管他的诗今仅存《首丘赋》《秋风歌》等六首，却是大名远播。

张翰回家后，常垂钓于南湖，诵读于陋室。在野花芬芳的田埂上留下一串串脚印，在碧水蓝天的旷野间留下舒展的啸吟：

忽有一飞鸟，

五色杂英华。

一鸣众鸟至，

再鸣众鸟罗。

长鸣摇羽翼，

百鸟互相和。

　　历史记载张翰的生卒年均不详。按说像他这样超脱的文学家、书法家应该活一个大岁数。还有他喜欢的故乡的乡野，莼菜和鲈鱼。但是在五十七岁那年，发生了一件事。有时候，悲伤就是这么突然降临，降临得让人猝不及防。

　　张翰的母亲去世了。

　　这在张翰的生命中是个重创。张翰悲伤极了，谁也没有想到，张翰竟然因过度悲伤而失去了生命。

"悲伤过度"是个什么词呢？动员所有的想象细胞也难以解说清楚。这就显现了张翰的又一个特性。在他的生命中，没有比故土、母亲更重的了。这让我想起另一个有着同样性格的人——阮籍。阮籍正在同别人下棋的时候，传来了母亲的死讯，阮籍听了坚持同人把棋下完，然后拿起酒杯，大口地饮酒，直喝下两斗，才大放悲声，并口吐鲜血。这些血性男儿，遇到什么事都没有在乎的，对自己的母亲却格外上心。母亲没了，就等于塌了天。世界一下子变得一片昏暗。

张翰就这样死了。

写到这里的时候，我的眼前飘满了他的诗：

秋风起兮木叶飞，

吴江水兮鲈鱼肥。

三千里兮家未归，

恨难禁兮仰天悲。

张翰还是没有了家啊！张翰旺年而逝，且只给我们留下了不多的文字。但这并不影响他在中国历史上的地位。欧阳修曾写道：

清词不逊江东名，

怆楚归隐言难明。

思乡忽从秋风起，

白蚬莼菜脍鲈羹。

他诗中的名句"黄花如散金"，在唐代曾以此命题举士。李白说："张翰黄金句，风流五百年。"

北京故宫博物院里有一行楷书《张翰思鲈帖》，是欧阳询为张翰写的小传。笔力刚劲挺拔、险峻逼人。那光照中国书法史的笔墨，将张翰的形象也勾进了史册。欧阳询把张翰的莼鲈之思看作一种崇高之举，笔墨记之，以述胸怀。每一笔都浸淫了书家的内心情感。后来这幅字帖广为流传，每一个得到它的人都是爱不释手，有的还加盖了名印，以示珍藏。不知怎的就传到了宫里，宋徽宗看到，欣喜异常，觉是至宝，遂加盖私章，并附言语。

此帖后转到了清乾隆手中，这位在书法上也卓有成就的大清皇帝也是一样如获至宝，喜爱有加。

虽然这是冲着欧阳询的书法，但书中的内容也同时让人入心了。

周庄的南湖因了张翰的典故又称"张矢鱼湖"。

最早知道张翰，是读辛弃疾的《水龙吟·登建康赏心亭》，那时候感觉这个季鹰是个怪老头，不关心政治，只在意鲈鱼。其实张翰年岁并不老，但那时就知道有一种鱼很好吃，可惜我们吃不到。直到十几年后才见到鲈鱼的模样，但那早不是张翰时期的鱼种了。细想起来，那时的物资流通也不畅，要不怎么官宴上没有东曹掾这样的大官想吃的鱼呢？

周庄的蓝

一

　　我曾在一个上午三次走过那个门口，那是一个纺花织布的作坊。

　　当门儿一个纺车在晨光中悠悠转动，一缕缕的纱线就从阳光中抽出。

　　这是一个像祖母一样老的老人。

　　我也确实见到过祖母纺线的情景。但那个北方的纺车是木制的，且比这小得多。这个取材于竹子的纺车大得有些夸张。

我在纺车前照出的相，老人竟全部进入了那个转动的圆圈圈。

这是一个怪圈。旧时乡村的女子，不管是躲在闺中还是出嫁夫家，常日里必做的一件事情，便是不停地转动这个怪圈，无休无止，直到终老。

没有人能数得清纺车转动的圈数，但它却是搅动了人生的年轮。

乡间喜爱的蓝花布，就是出自这样的纺车。至今周庄人还在用着这种布，他们用着做床单、做窗帘、做桌布。

我住的屋子，几乎成了这种蓝花布的天地。进去后有一种归入农家的感觉。

周庄人最多的还是将这种布穿在身上。划船的船娘、茶馆的服务生，还有导游员，都以这种蓝布着装，让人想到多少年前周庄的模样。

二

离纺车不远就有布店，这同丝绸店形成鲜明的对照。

说实在的，丝绸店不是为百姓开的，它的高成本、复杂的生产工艺和不适宜劳作的料子，与百姓的生活总是隔有一段距离。

问起蓝花布的织染过程，那个说着一口吴侬软语的女子，让我听了好半天才听出一个"蓝"字。

这是一种叫靛青的颜料染成的，而靛青是从"蓝"中提取的。

草字头的蓝，原本是一种草，江南极易生长的一种草。

这是一种水乡人十分喜爱的草，或者说是水乡人十分依赖的草，"根深蒂固"一词不知是否由蓝而来。

蓝可以成片地繁衍生长，抓地很牢，水乡人依赖它把住泥土，固定堤坝，以保证村庄和稻田不被水侵扰毁坏。蓝总是忠于职守，在乡间，到处可见蓝手拉着手，在风中舞动着无限远去。

且还开着花，一种并不惹眼的粉红色的小花。

暗黄和粉红构成乡间田埂上、水坝上的一道风景。

蓝，乡间的女子多以之当作自己的名字，是因了它好的形象和好的品格，当然还有好的作用。

蓝，叫着的时候，怎么就感觉是叫着一个周庄的女子。

蓝色调，其实就是周庄的色调。

三

白色的棉布从冒着烟气的染缸中再次提出的时候，就变成了一块洁净的蓝。

一个女子用竹竿将它高高地举起，挂在阳光下，那鲜艳的色彩一下子就被太阳喜欢上了，它为这块蓝镀上了无数的辉光。

老人的纺车还在转着。

她银白的发与手中的线幻化在一起，让人想到生活走过的痕迹。

上海，一群周庄女子身着鲜艳的蓝花布衣，吸引了南京路上新奇的目光。她们是周庄旅游公司的工作人员组成的艺术团，专门到上海举行互动演出。当她们在台上跳起水乡舞蹈时，那种纯秀的本色，柔韧的腰肢，闪动的蓝花，让台下欢动成一片潮声。

现在，这群女子又出现在了周庄的夜色中，让夜游周庄的人感到周庄的好，周庄的蓝。

我在经过一个巷子口的时候，被如过去三十五毫米电影幕布大的一块蓝布所吸引。

由于巷子的窄小，人们只能先将它拉展在巷口，而后平扯上去。这块蓝布就变成了一块遮阳挡雨篷，它的下边，就成了一片阴凉的世界。

　　周庄人说，现在很少看到帆篷船了，有些人家，是用这种蓝布做帆的，蓝色的风鼓动的渔船，在湖水中该是另一番景象。

古戏台

一

我曾几次来周庄，竟然还不知道这个所在。

直到这年的夏天，转完了回到住处，周庄旅游公司的总经理任永东给我打来电话，问我是否去看了周庄的老戏台。

我快速地在记忆中搜寻，也没有想起哪里还有个古戏台。

周庄的景点我已经转得不能再熟了。为此让任总有些遗憾，说忘了带我去一个地方。

问起古戏台的所在，竟然是在周庄水道的入口处。

那里怎么还躲着一个古戏台呢？周庄人真会藏东西。

这让人们感到小小的周庄竟然什么都摆置得很全。

没有这个剧院也并不影响周庄，但是有了这个剧院周庄的文化就更加浓厚一些。

古戏台就在周庄的边缘上，如果从正门来说的话，它应该是设在周庄的后门或者是偏门上。

那是周庄的尾声部分。

这也许是一种巧合，前面的宏阔的、现实的和历史的都看过了；水与石头的关系，水与桥的关系，都感觉过了；再来走进这个古戏台，让昆曲袅袅的余音再灌一灌双耳就更有一种充实感。

远远地走去，走得越远越有一种余韵在心里。

二

我之所以没有去过这个老剧院，也确实因为它隐藏得有些隐秘。

很小的一个门脸儿，当走完周庄大大小小的桥梁，转过一弄弄热闹的铺面，感觉到有些满足了，也有些疲累了，往外走的时候，或从正门的原路返回，或从它对面的另一条路走过，都会忽略这个不起眼的门口。

但是，走进去的时候是一个多么美妙的感觉。

扩大的院子四周是两层的小楼，古香古色地围拢着一个高台戏楼，楼上楼下可以喝茶、对饮、边聊天边听戏，也可以直接就坐在广场的长条凳上，不喝茶也不聊天，直直地就那么看台上的人儿表演好极了的武功。

最可心的还是那具有江南水乡的韵味儿十足的

昆曲，柔软滑腻，清凌细韵，看得呆了所有的疲累都舒散而去，让人想到生活的美妙。

有时一个飘逸的踢转，一个潇洒的水袖，楼上楼下会齐声喊出一个"好"来，那声音也就翻过高高的墙院，绕过曲曲弯弯的暗柳，在周庄的水上一层层地飘荡。

三

由此我在想，周庄的好东西实在是多，这要在别的地方，这么好的一个剧院，古戏台，还不成了首推的景点儿。

而周庄只把它随意地放在了一个角落。

古戏台上表演的人也并非是等闲之辈，而是苏州昆剧院和江苏省昆剧院的演员。

江苏省昆剧院是后来加盟的。

苏州昆剧院离周庄很近，周庄也属于苏州管，他们来这里唱一唱，还说得过去。江苏省昆剧院在南京，就离这里远多了。

他们之所以加入，一个是看到了周庄的影响，另一个自然也是看中了这个能一展身手的古戏台。

这次来周庄带队的是江苏省昆剧院的副院长李鸿良。

这是一个家喻户晓的昆剧的名丑，和任永东一起吃饭的时候，聊起昆剧艺术就兴致盎然。说到高兴处，鸿良离开饭桌即兴表演了一段《十五贯》，让现场的人不仅过了一把戏瘾，还感知了李鸿良这个国家一级演员的绝活。

后来我去古戏台，走到正在演出的场子后面，李鸿良把那些正在上装的演员一个个介绍给我，却都是在各个行当里的国家一级演员。由此，足可见到他们和周庄是互为造势。

四

说起来昆曲是回了老家的。

周庄归昆山市，昆曲的昆和昆山的昆是一个昆，昆曲最初的发源地就是在昆山这一带。让昆山人自豪的是昆曲是百戏之祖。昆曲兴盛的时间是明朝初年到嘉靖年间，原因是它受到了朱元璋的喜爱。朱元璋在南京登基，那里离昆山不远，而且南京也盛行昆曲。朱元璋自然也就受到了这种富于抒情、意境深邃、优美动听的曲调的感染与影响。又当一个新的朝代的元始，自然是要丝竹管弦、歌舞升平来配合。

一时间文人雅士研磨创作，新剧本层出不穷，曲调也更加变化多样，为昆曲的发展起到了推波助澜的作用。家班、社班在江南也越来越多，以至于明朝的首都北移北京，昆曲又在北京兴盛起来。

多少年中，人们把昆山腔称为雅部，其他各种地方腔调都被称为花部和乱弹。昆曲就这样融入了市人的生活，融入了他们的精神世界之中。没有昆曲就没有生活的雅趣，没有官家和商家往来的乐趣。

因而说昆曲的流传之广，历时之久，艺术魅力之独到，非其他剧种所能及。昆曲也就形成了一统天下的局面，乃至独霸中国曲坛二百年，成为世界共同的文化遗产。

现今的很多江南人由于耳濡目染，都会唱昆曲。

道院的桥头，我就曾听到过一个苍苍老者在另一个老者胡琴的伴奏下摇头晃脑地唱昆曲。

唱戏的老人二胡拉得并不好，但唱得字正腔圆，很有韵味。我听得有些呆了，不一会儿，周围就站了一圈的人。

当时我并不知道他唱的是什么曲调，也听不懂唱的内容，就是只觉得好听，问了别人才知道这就是昆曲。

老人告诉我，昆曲就是周庄一带的剧种，老辈人都喜欢听。老人再唱的时候，我感到有些像越剧，也有些像京剧和越调，抒情味极浓。

在周庄这个地方，似乎只有昆曲才能表达人们的心声，才能解除生活的烦恼，才能释放生命的乐趣。

后来，住在周庄的这几天，我总会抽出空闲到这个老剧院里来，要上一壶茶和几碟小菜，坐在一个角落里，静静地听着，细细地品着那甜美的吴侬软语，绮丽委婉的风格。

尽管我真的听不懂那些唱词，但我很觉得知足、过瘾，甚而陶醉。

后 记

古人说的"读万卷书，行万里路"，是一种高标准、高品质的生活。对此生命的追求，真正实施者甚少。读书破万卷不容易，远行也是多有不便。时间走到了今天，旅途变得十分通畅，行万里路已经不是问题，读万卷书却仍不是件易事。这需要个人的自觉及社会的推动。而文字是一种释放，也是一种交流。作家的写作同样需要与读者互动。

漓江出版社顺应需要，提出了散文精品城际阅读，编辑系列名家丛书，以迎合扑面而来的旅途与信息相融的高铁时代。

谈起选题时，我们就谈到了"七"这个数字，它是"赤橙黄绿青蓝紫"的七，是"哆来咪发唆拉西"的七。让人联想到色彩的无限斑斓与乐曲的美妙变化。那么就定为七人吧，每年邀约七位当今活跃于文坛的作家，以构建可资阅读、珍藏、研究的厚重文库。

作家们欣然响应，很快组成不同性别、不同年龄、不同地域、不同风格的七人年展。毋庸置疑，随着时间的推移，这个精品文丛将会显示出它茁旺的生命力。

王剑冰

2017 年夏

王剑冰，著名散文家，我社《中国年度散文》《中国年度散文诗》主编，《旅伴文库·散文精品城际阅读》主编。

请记下你与日子的美好相遇

请记下你与日子的美好相遇

请记下你与日子的美好相遇

请记下你与日子的美好相遇

请记下你与日子的美好相遇

请记下你与日子的美好相遇

请记下你与日子的美好相遇

请记下你与日子的美好相遇

请记下你与日子的美好相遇

请记下你与日子的美好相遇

请记下你与日子的美好相遇

请记下你与日子的美好相遇

请记下你与日子的美好相遇

请记下你与日子的美好相遇

请记下你与日子的美好相遇

请记下你与日子的美好相遇